星《ほし》のカービィ

決戦《けっせん》！ バトルデラックス!!

高瀬美恵《たかせみえ》・作
苅野《かりの》タウ・ぽと・絵

JN242685

角川つばさ文庫

もくじ

キャラクター紹介《しょうかい》

カービィ

食《く》いしんぼうで元気《げんき》いっぱい。
吸《す》いこんだ相手《あいて》の能力《のうりょく》を
コピーして使《つか》える。

ワドルディ

デデデ大王《だいおう》の部下《ぶか》で
カービィの友《とも》だち。カービィと
タッグを組《く》んでバトルに挑《いど》む！

メタナイト

常《つね》に仮面《かめん》をつけていて
すべてが謎《なぞ》につつまれた剣士《けんし》。

デデデ大王《だいおう》

自称《じしょう》プププランドの王様《おうさま》。
武道大会《ぶどうたいかい》「デデデグランプリ」
の主催者《しゅさいしゃ》。

トロン

銀河《ぎんが》を旅《たび》する、自称《じしょう》さすらいの発明王《はつめいおう》。
デデデ大王《だいおう》の偉大《いだい》さを広《ひろ》めたいと言《い》うが……？

1 発明王《はつめいおう》がやってきた

プププランドは今日《きょう》もおひさまポカポカ、あくびが出《で》るほどのいいお天気《てんき》。

デデデ大王《だいおう》は城《しろ》の窓《まど》を開《ひら》き、両手《りょうて》を広《ひろ》げて、さわやかな空気《くうき》を胸《むね》いっぱいに吸《す》いこんだ。

「ああ、なんて気《き》もちのいい日《ひ》だろう！　森《もり》も空《そら》も湖《みずうみ》も、みんなキラキラとかがやいているぞ。まるで、世界《せかい》じゅうがオレ様《さま》をたたえているようだわい」

大王《だいおう》は、気分《きぶん》よく鼻歌《はなうた》を歌《うた》い始《はじ》めた。

と、そこへ、パタパタという足音《あしおと》が近《ちか》づいてきた。

「大王様《だいおうさま》、大王様《だいおうさま》」

大広間《おおひろま》に走《はし》りこんできたのは、大王《だいおう》の忠実《ちゅうじつ》な部下《ぶか》、ワドルディ。

デデデ大王《だいおう》は鼻歌《はなうた》をやめて振《ふ》り返《かえ》り、ジロリとワドルディをにらんだ。

「なんだ、さわがしい。おまえの大声《おおごえ》のおかげで、オレ様《さま》のさわやかな気分《きぶん》が台無《だいな》しになったぞ」

「ご、ごめんなさい。お客様《きゃくさま》がみえたんです」

「客《きゃく》だと？　ふん」

大王《だいおう》は、つまらなそうに鼻《はな》を鳴《な》らした。

「どうせメタナイトかカービィだろう。追《お》い返《かえ》してしまえ」

「ちがいます。見《み》たこともない、りっぱな身《み》なりの紳士《しんし》です」

「紳士《しんし》……？　はて、だれだろう」

「どこかの遠《とお》い星《ほし》からやって来《き》たそうです。プププランドに、宇宙一強《うちゅういちつよ》くて偉大《いだい》な支配者《しはいしゃ》がいるといううわさを聞《き》いて、会《あ》いにきたと言《い》ってます」

「なんだと!?　それを早《はや》く言《い》わんか」

デデデ大王《だいおう》は、たちまちニコニコ顔《がお》になった。

「そうか、そうか。オレ様《さま》の評判《ひょうばん》を聞《き》きつけて、会《あ》ってみたくてたまらなくなったというわけだな。なかなか見《み》どころのある客《きゃく》じゃないか」

「はあ、そのようです」

「何《なに》をグズグズしている。さっさと連《つ》れてこい！」

「は、はい！」

ワドルディは、あわてふためいて、玄関《げんかん》に駆《か》け戻《もど》った。


さて、ワドルディに案内《あんない》されてやってきたのは、高級《こうきゅう》そうなスーツを着《き》こみ、りっぱなヒゲをはやした、もじゃもじゃ頭《あたま》の紳士《しんし》だった。

紳士《しんし》は胸《むね》に手《て》を当《あ》てて、気《き》どった調子《ちょうし》で言《い》った。

「ハーイ。おはつにお目《め》にかかります。ワイ、いや、ワタクシは……」

紳士《しんし》はデデデ大王《だいおう》を見上《みあ》げると、突然《とつぜん》「ああっ」と悲鳴《ひめい》を上《あ》げ、その場《ば》にヘナヘナと倒《たお》れてしまった。

「ど、どうしたんですか!?」

心配《しんぱい》したワドルディが駆《か》けよると、紳士《しんし》は苦《くる》しそうに顔《かお》をゆがめて言《い》った。

「うう……こ、こりゃ失礼《しつれい》。デデデ陛下《へいか》が、あまりにもりっぱすぎて、一目見《ひとめみ》たとたんに呼吸《こきゅう》が苦《くる》しくなってしまいまして」

紳士《しんし》はふらふらしながら立《た》ち上《あ》がり、ハァハァと深呼吸《しんこきゅう》をした。

「プププランドに、銀河《ぎんが》でいちばん偉大《いだい》な大王様《だいおうさま》がいるといううわさは、やはり本当《ほんとう》だったのですな……おおっと、感動《かんどう》のあまり、涙《なみだ》が」

紳士《しんし》はハンカチを取《と》り出《だ》し、大《おお》げさに涙《なみだ》をぬぐった。

デデデ大王《だいおう》は目《め》をぱちくりさせていたが、紳士《しんし》が泣《な》いているのを見《み》ているうちに、だんだん顔《かお》がほころび始《はじ》めた。

「ふふ……ふふははは……ははは！　オレ様《さま》の偉大《いだい》さにびっくりして、呼吸《こきゅう》が苦《くる》しくなって涙《なみだ》が出《で》てきたというのか。なんという正直《しょうじき》なヤツだ。ほめてつかわすぞ」

「銀河《ぎんが》でいちばん偉大《いだい》な大王様《だいおうさま》が、ワタクシをほめてくださった！　なんという名誉《めいよ》！」

紳士《しんし》は鼻《はな》をぐすぐすさせながら、続《つづ》けた。

「申《もう》しおくれました。ワタクシ、トロンと申《もう》す発明家《はつめいか》でございます」

「発明家《はつめいか》だと？」

「はい。発明《はつめい》のヒントを探《さが》すために、銀河《ぎんが》じゅうを旅《たび》している、さすらいの発明王《はつめいおう》です。プププランドにすばらしい大王様《だいおうさま》がいるといううわさを耳《みみ》にして、どうしても一目《ひとめ》お会《あ》いしたくなり、はるばるやってきたというわけなのです」

トロンはハンカチをポケットにしまい、目《め》をかがやかせた。

「お会《あ》いできて光栄《こうえい》です、デデデ陛下《へいか》。あなた様《さま》は、うわさどおり、宇宙《うちゅう》でいちばん偉大《いだい》な大王様《だいおうさま》。銀河《ぎんが》じゅうを旅《たび》してきたワタクシが言《い》うのですから、まちがいありません」

「ふ……ぐふふ……ははは。そうか、そうか」

デデデ大王《だいおう》はこの客《きゃく》がすっかり気《き》に入《い》ってしまったらしい。デレデレした笑顔《えがお》になった。

トロンは、深《ふか》くため息《いき》をついた。

「はぁ……しかし、陛下《へいか》。ワタクシは残念《ざんねん》でなりません」

「ん？　何《なに》がだ」

「こんなに偉大《いだい》なデデデ陛下《へいか》のことを、まだ知《し》らない者《もの》がおおぜいいるのです！」

トロンは、くやしくてたまらないように、こぶしをふるわせた。

「実《じつ》は、旅《たび》のとちゅうで何人《なんにん》かの者《もの》に大王様《だいおうさま》のことをたずねたのですが、『デデデ大王《だいおう》？　だれだ、そいつ』などとぬかす、ふとどき者《もの》が多《おお》くて多《おお》くて」

「む？」

デデデ大王《だいおう》は、とたんに苦《にが》い顔《かお》になった。

「オレ様《さま》の名《な》を知《し》らんなんて、どこのイナカ者《もの》だ。失礼《しつれい》きわまりないわい」

「まったくです。ここは、一《ひと》つ、ワタクシにおまかせいただけないでしょうか？」

「む？　何《なに》をまかせるって？」

「銀河《ぎんが》のすみずみにまで大王様《だいおうさま》のお名前《なまえ》を広《ひろ》めたいのです。たとえば……大王様《だいおうさま》のお名前《なまえ》を冠《かん》した、一大《いちだい》イベントを開《ひら》くとか」

トロンは、夢《ゆめ》みるような目《め》をして言《い》った。

デデデ大王《だいおう》は話《はなし》につりこまれ、身《み》を乗《の》り出《だ》した。

「イベント……か。ふむ、なかなか、おもしろそうじゃないか。で、どんなイベントをやるというんだ？」

「そこです。デデデ陛下《へいか》のりっぱさを、みんなにわからせるイベントでなくてはなりません。何《なに》がいいかな……うーん……」

トロンは腕《うで》を組《く》んで考《かんが》えこみ、パッとひらめいたように言《い》った。

「そうだ。武道大会《ぶどうたいかい》なんか、どうでしょうか」

「武道大会《ぶどうたいかい》？」

「歴戦《れきせん》のつわものが戦《たたか》って、最強《さいきょう》の勇者《ゆうしゃ》を決《き》めるんです。もちろん優勝者《ゆうしょうしゃ》は、偉大《いだい》なデデデ陛下《へいか》に決《き》まっています。力《ちから》じまんの戦士《せんし》たちを、バッタバッタとなぎ倒《たお》すデデデ陛下《へいか》の勇《いさ》ましいお姿《すがた》は、きっと伝説《でんせつ》になることでしょう。そうだ、そうだ。デデデ陛下《へいか》の偉大《いだい》さをみんなにわからせるには、武道大会《ぶどうたいかい》がいちばんいい！」

「武道大会《ぶどうたいかい》か……なるほどな」

デデデ大王《だいおう》は、胸《むね》をそらせて、闘志《とうし》のみなぎる表情《ひょうじょう》になった。

「いい考《かんが》えだ。さっそく、みんなに知《し》らせよう。プププランドじゅうの腕《うで》じまんが参戦《さんせん》するぞ。暴《あば》れんぼうのバーニンレオや、格闘家《かくとうか》のナックルジョー、ムチ使《つか》いのウィッピイに、飛《と》び道具《どうぐ》がじまんのサーキブル……どいつもこいつも、オレ様《さま》の敵《てき》ではないがな！」

大王《だいおう》は大《おお》きな口《くち》を開《あ》けて笑《わら》ったが――。

ふいに、その笑顔《えがお》がこわばった。

「む……？　まさかとは思《おも》うが……あいつも参戦《さんせん》するかな……ううむ……あいつが出《で》てくると、ちょっとやっかいなことになるなあ……」

「え？　なんですって？」

トロンが聞《き》きつけて、片手《かたて》を耳《みみ》に当《あ》てた。

「あいつって、だれですか？」

「い、いや、なんでも……」

「まさか、大王様《だいおうさま》を負《ま》かすような勇者《ゆうしゃ》がいるのですか!?　そんな！　信《しん》じられない！」

大《おお》げさに叫《さけ》んだトロンを、デデデ大王《だいおう》は大声《おおごえ》でどなりつけた。

「そんなことは言《い》っていない！　プププランドの偉大《いだい》な支配者《しはいしゃ》たるオレ様《さま》を負《ま》かすヤツなんて、いるはずがないわい！　ただ……ちょっとだけ不安《ふあん》のタネが……なくもないのだ」

デデデ大王《だいおう》は、しかめ面《つら》になった。

トロンは心配《しんぱい》そうに、デデデ大王《だいおう》の顔《かお》をのぞきこんだ。

「デデデ陛下《へいか》を不安《ふあん》にさせるなんて。いったい何者《なにもの》です？」

「うむ……カービィというヤツなんだが……」

「カービィ？　はて、だれです？　聞《き》いたこともない名《な》ですが」

「この近所《きんじょ》をうろちょろしている、目《め》ざわりなヤツでな……こう……小《ちい》さくて……まるくて……ピンクで……恐《おそ》ろしいくらい食《く》いしんぼうなんだ」

デデデ大王《だいおう》は、両手《りょうて》でカービィのかたちを示《しめ》した。

トロンは、あっけにとられたように笑《わら》いだした。

「なんですって？　小《ちい》さくて、まるくて、ピンク？　そんなかわいい生《い》き物《もの》が、デデデ陛《へい》下《か》を不安《ふあん》にさせるですって？　またまた、ご冗談《じょうだん》を」

「う……うむ……もちろん、本気《ほんき》で不安《ふあん》に思《おも》っているわけではないんだぞ！」

デデデ大王《だいおう》は、鼻息《はないき》を荒《あら》くして言《い》い張《は》った。

「ただ、カービィはすばしっこくて、油断《ゆだん》のならんヤツなのだ。あいつが武道大会《ぶどうたいかい》に乱入《らんにゅう》してくると、ちょっと面倒《めんどう》なことになると思《おも》っただけだ」

「そう……ですか……困《こま》りましたな」

トロンは、むずかしい顔《かお》をして、デデデ大王《だいおう》の前《まえ》を行《い》ったりきたりし始《はじ》めた。

「この大会《たいかい》に、失敗《しっぱい》は許《ゆる》されないのです。万《まん》が一《いち》、陛下《へいか》が苦戦《くせん》するようなことになっては、計画《けいかく》が台無《だいな》しになってしまいます」

「う……ううむ……」

トロンは、何《なに》かたくらむような目《め》をして言《い》った。

「そういうことでしたら、ワイ……ワタクシに良《よ》い考《かんが》えがあるぜ……いやいや、あるのでございますよ」

「良《よ》い考《かんが》え？　なんだ、言《い》ってみろ」

「それは……ヒミツの考《かんが》えですので、お人《ひと》ばらいを」

トロンは、するどい目《め》つきでワドルディを見《み》た。

デデデ大王《だいおう》は、もう、すっかりトロンを信頼《しんらい》しきっている。横柄《おうへい》な口調《くちょう》で、ワドルディに命《めい》じた。

「おまえは出《で》て行《い》け。オレ様《さま》が呼《よ》ぶまで、この部屋《へや》に入《はい》ってはならん」

「え？　で、でも、大王様《だいおうさま》……」

トロンが何《なに》を考《かんが》えているのか、ワドルディも聞《き》いてみたかった。

けれど、デデデ大王《だいおう》はきびしい口調《くちょう》で告《つ》げた。

「オレ様《さま》とトロンは、大事《だいじ》な話《はな》し合《あ》いがある。おまえには聞《き》かせられん」

「は……はい……」

大王《だいおう》から、こう言《い》われては、しかたがない。

ワドルディは、なんとなく不安《ふあん》な気《き》もちを抱《いだ》きながら、部屋《へや》を後《あと》にした。

ワドルディが出《で》て行《い》くと、トロンはもったいぶった小声《こごえ》で言《い》った。

「大王様《だいおうさま》、カービィとかいうじゃま者《もの》をやっつけるために、ワタクシが発明《はつめい》した、超高性能《ちょうこうせいのう》プリンターが役《やく》に立《た》つのではないかと」

デデデ大王《だいおう》は、首《くび》をかしげた。

「プリンター？　つまり、印刷機《いんさつき》か？　そんな物《もの》が、なんで武道大会《ぶどうたいかい》の役《やく》に立《た》つんだ」

「いえいえ、ワタクシのプリンターは、そんじょそこらのプリンターとはちがいます。データさえあれば、なんでもプリントできてしまうのです。つまり、あっというまに、何十《なんじゅう》、何百《なんびゃく》ものカービィを量産《りょうさん》できるんでございます」

「カービィを……量産《りょうさん》……？　つまり、カービィをいっぱい増《ふ》やすということか？」

「さすがは大王様《だいおうさま》。お察《さっ》しが早《はや》い～！」

トロンは、パパパパンと手《て》を打《う》った。

しかし。

「何《なに》を考《かんが》えてるんだ、おまえは」

デデデ大王《だいおう》はあきれ顔《がお》で、トロンを見下《みお》ろした。

「カービィ一人《ひとり》でさえ、手《て》に負《お》えんのだぞ。あいつを量産《りょうさん》したりしたら、ますますたいへんなことになるじゃないか」

「そこが、頭《あたま》の使《つか》いどころだぜ……でございますよ」

トロンは片目《かため》をつぶり、自分《じぶん》の頭《あたま》を指《ゆび》さした。

「たくさんのカービィを武道大会《ぶどうたいかい》に参加《さんか》させ、おたがいに戦《たたか》わせるのです。ほんもののカービィは、自分《じぶん》のコピーとの戦《たたか》いで、ヘトヘトになるにちがいありません。決勝戦《けっしょうせん》まで勝《か》ち進《すす》んだとしても、もはや体力《たいりょく》の限界《げんかい》。まともに戦《たたか》える力《ちから》は、残《のこ》っておりません」

「……お？　おお……そうか。なるほど！」

デデデ大王《だいおう》は感心《かんしん》して、うなずいた。

「それは良《よ》い考《かんが》えだ。おまえは頭《あたま》がさえているな」

「なんと、ありがたいお言葉《ことば》！　デデデ陛下《へいか》はさっそく武道大会《ぶどうたいかい》の告知《こくち》を行《おこな》ってください。ワタクシはカービィのデータを入手《にゅうしゅ》するため、作戦《さくせん》を練《ね》ります」

「よし、わかった。ワドルディ、ワドルディはおらんか！」

デデデ大王《だいおう》は手《て》をたたいて、大声《おおごえ》を上《あ》げた。

部屋《へや》の外《そと》でウロウロしていたワドルディが、あわててすっ飛《と》んできた。

「は、はい、大王様《だいおうさま》」

「オレ様主催《さましゅさい》の武道大会《ぶどうたいかい》を行《おこな》うことになった。出場者《しゅつじょうしゃ》を集《あつ》めるために、チラシを作《つく》れ」

「はい」

「大会《たいかい》には、オレ様《さま》の名前《なまえ》をつける。そうだな……『デデデグランプリ』が良《よ》かろう。オレ様《さま》の名前《なまえ》が目立《めだ》つような、かっこいいデザインのチラシにするんだぞ」

「はい、大王様《だいおうさま》。優勝《ゆうしょう》の賞品《しょうひん》はどうしましょうか？」

「何《なに》？ 賞品《しょうひん》だと？」

「大会《たいかい》の優勝者《ゆうしょうしゃ》には、何《なに》か賞品《しょうひん》があったほうがいいんじゃないかと思《おも》って」

「なるほど。いいところに気《き》がついたな。賞品《しょうひん》か……やはり、食《た》べ物《もの》がいいだろうな」

デデデ大王《だいおう》はあれこれ想像《そうぞう》して、舌《した》なめずりをした。

「ぶ厚《あつ》いステーキ……チキンの丸焼《まるや》き……特大《とくだい》サンドイッチ……！ ううむ、迷《まよ》うな……いや、こういう場合《ばあい》は、やはりケーキかな？」

「すてきです、大王様《だいおうさま》！」

「よし、決《き》めた。さっそく、コックカワサキに注文《ちゅうもん》してこい。とびきり上等《じょうとう》な材料《ざいりょう》をてんこもりにした、超高級《ちょうこうきゅう》ケーキを作《つく》れと伝《つた》えろ」

「はい！ 行《い》ってきます！」

ワドルディは、パタパタと部屋《へや》を飛《と》び出《だ》していった。

デデデ大王《だいおう》は、満足《まんぞく》そうにつぶやいた。

「コックカワサキは、ケーキ作《づく》りの名人《めいじん》だ。どれほどすごいケーキを作《つく》るか、考《かんが》えただけでよだれが出《で》るわい……」

デデデ大王《だいおう》は、なにげなく振《ふ》り返《かえ》ってトロンを見《み》た。

トロンは、いつのまにか、へんてこな機械《きかい》を手《て》にしていた。

四角《しかく》い小《ちい》さな箱《はこ》に、レンズがついている。一見《いっけん》、カメラのようだが、ふつうのカメラよりももっと複雑《ふくざつ》そうで、さまざまなボタンやダイアルが取《と》りつけられていた。

「……なんだ、それは？」

デデデ大王《だいおう》がたずねると、トロンは得意《とくい》そうに答《こた》えた。

「これは、プリンター専用《せんよう》の特殊《とくしゅ》カメラです。こ

れを使《つか》って、データを集《あつ》めるのです。このカメラに記録《きろく》したデータをもとに、大量《たいりょう》のコピーを作《つく》ることができます」

「ふむ……？　今《いま》、何《なに》を記録《きろく》していたんだ？　カービィは、いないのに」

「はい、大王様《だいおうさま》の部下《ぶか》の、あのチンチクリンの坊《ぼう》やのデータを記録《きろく》いたしました」

「チンチクリン……？　まさか、ワドルディのことか？」

デデデ大王《だいおう》は、ふきげんになった。

「口《くち》をつつしめ。あいつはちっちゃくて弱虫《よわむし》だが、まじめで気《き》がきくんだぞ。オレ様《さま》の部《ぶ》下《か》をぶじょくすることは、許《ゆる》さん！」

大王《だいおう》の剣幕《けんまく》に、トロンはあわてふためいた。

「こ、これは、失礼《しつれい》をいたしました！　ワタクシ、つい、口《くち》がすべりました。チンチクリンではなくて……えーと……ちっちゃくて、クリンとして、かわいい部下《ぶか》の方《かた》と言《い》うつもりだったのです」

「ふん、どうでもいいわい。ワドルディをコピーして、どうする気《き》だ？」

「テストでございますよ。カービィとやらを量産《りょうさん》する前《まえ》に、機械《きかい》がちゃんと動《うご》くかどうかを確《たし》かめたかったのです。それに、あのチンチク……クリンとしたかわいい坊《ぼ》っちゃまは、たいへん働《はたら》き者《もの》のようです。あの子《こ》を量産《りょうさん》すれば、きっと大王様《だいおうさま》のお役《やく》に立《た》つと思《おも》いまして」

「ワドルディを……量産《りょうさん》だと……？」

デデデ大王《だいおう》は、目《め》をみはった。

「そんなことができるのか。確《たし》かにあいつは役《やく》に立《た》つが……一人《ひとり》いれば十分《じゅうぶん》だがなあ」

「いえいえ、それはいけません。宇宙《うちゅう》でいちばん偉大《いだい》な大王様《だいおうさま》には、いくら部下《ぶか》がいても足《た》りないほどです。それに、武道大会《ぶどうたいかい》を行《おこな》うためには、たくさんの働《はたら》き手《て》が必要《ひつよう》です。部《ぶ》下《か》の数《かず》は、大王様《だいおうさま》の偉大《いだい》さのあかし！」

「ふむ……まあ、いい。とにかく、ワドルディを量産《りょうさん》できるのかどうか、確《たし》かめてみろ」

「はっ、かしこまりました」

トロンはプリンターを城内《じょうない》に運《はこ》びこむために、部屋《へや》を出《で》ていった。

2 デデデグランプリ開幕《かいまく》!

あやしい発明家《はつめいか》がデデデ城《じょう》をおとずれてから、一週間《しゅうかん》ほど後《あと》のこと。

草原《そうげん》の上《うえ》をそよそよと風《かぜ》が吹《ふ》き、みずみずしい緑《みどり》の香《かお》りが一面《いちめん》にただよっている。

小《ちい》さくて、まるくて、ピンク色《いろ》の食《く》いしんぼう――カービィは、いつものように、すずしい木陰《こかげ》で、すやすやと昼寝《ひるね》をしていた。

そこへ。

「お知《し》らせー! お知《し》らせですよー! デデデ大王様《だいおうさま》からの、たいせつなお知《し》らせー! みなさん、お見《み》のがしなくー!」

大《おお》きな声《こえ》が聞《き》こえてきた。

カービィは、目《め》をこすりながら起《お》き上《あ》がった。

「ん……んん……？　今《いま》の声《こえ》は……ワドルディ……？」

カービィは寝《ね》ぼけた目《め》で、あたりを見回《みまわ》した。

ワドルディが、大声《おおごえ》を上《あ》げながら飛《と》び回《まわ》っている。

住民《じゅうみん》たちが集《あつ》まってきて、ワドルディから何《なに》やら紙《かみ》きれを受《う》け取《と》っているようだ。

「……何《なに》をやってるんだろう、ワドルディ」

カービィはぴょこんと立《た》ち上《あ》がり、目《め》をこらしてみた。

「お知《し》らせ、お知《し》らせですよー！　デデグランプリ開催《かいさい》のお知《し》らせー！」

カービィが目《め》をぱちぱちさせていると、ワドルディは気《き》がついて手《て》を振《ふ》った。

「あ、カービィ！」

ワドルディは駆《か》けよってきて、チラシをカービィに差《さ》し出《だ》した。

「はい、カービィにもあげる。デデデ大王様《だいおうさま》からの、たいせつなお知《し》らせだよ」

「お知《し》らせ？」

「デデデ大王様《だいおうさま》が武道大会《ぶどうたいかい》を開《ひら》くことになったんだ……」

「ぶどう大会《たいかい》!?　ぶどうをたくさん食《た》べる大会《たいかい》だね!?　わーい、ぼく、ぶどう大好《だいす》き！」

カービィは大《おお》はしゃぎで、ワドルディに飛《と》びついた。

ワドルディは、よろめきながら言《い》った。

「ちがうよ、カービィ。食《た》べるぶどうじゃなくて……」

「え？　食《た》べないぶどう？　そんなぶどうがあるの？　あ、わかった。飲《の》むぶどうでしょ。ぶどうジュースだね！」

「う、ううん、そうじゃなくて……」

「ぼく、ぶどうジュース大好《だいす》き。でも、オレンジジュースも、リンゴジュースも大好《だいす》き。ワドルディは？」

「え、えっと……ぼくは、パイナップルジュースが好《す》きだな」

「おいしいよね！　あと、いちごジュースと、メロンジュースと……」

「そうじゃなくて！」

このままでは、いつものようにカービィのペースに巻《ま》きこまれて、どんどん話《はなし》がそれてしまう。

ワドルディは、カービィにチラシを押《お》しつけた。

「武道大会《ぶどうたいかい》っていうのは、出場者《しゅつじょうしゃ》が戦《たたか》う大会《たいかい》のことだよ。いろんな競技《きょうぎ》で戦《たたか》って、だれがいちばん強《つよ》いかを決《き》めるんだ」

「……え？」

ぶどうにも、ジュースにも関係《かんけい》ないとわかって、カービィはとたんに興味《きょうみ》を失《うしな》った。

「なーんだ。そんなの、どうでもいいや。ぼく、寝《ね》るよ。おやすみ、ワドルディ」

「カービィも出場《しゅつじょう》してみたら？」

「いやだよ。みんなと戦《たたか》うなんて」

カービィは、ころんと転《ころ》がってワドルディに背《せ》を向《む》けてしまった。

「カービィは強《つよ》いから、優勝《ゆうしょう》できるかもしれないよ」

「そんなこと、どうでもいいや」

ワドルディは、カービィの目《め》の前《まえ》に回《まわ》りこんで言《い》った。

「優勝《ゆうしょう》したら、賞品《しょうひん》がもらえるんだよ。これを見《み》たら、カービィだってきっと出場《しゅつじょう》したくなると思《おも》うけど」

「デデデ大王《だいおう》が考《かんが》えた賞品《しょうひん》でしょ。どうせ、デデデ大王《だいおう》のサイン入《い》りブロマイドとか、ポスターとかだよ。いらないいや、そんなの」

「ちがうよ。大王様《だいおうさま》は、コックカワサキに特別《とくべつ》なケーキを注文《ちゅうもん》したんだ」

「いらないや、デデデ大王味《だいおうあじ》のケーキなんて……なんて……え!?」

カービィは、がばっと飛《と》び起《お》きた。

「コックカワサキの特別《とくべつ》なケーキ!?」

「うん。注文《ちゅうもん》を受《う》けたコックカワサキは、張《は》り切《き》っちゃってね。デラックス山《やま》もりケーキを作《つく》るって言《い》ってるよ」

カービィは、ワドルディから渡《わた》されたチラシを見《み》た。

カラフルなチラシに、フルーツやクリームがてんこもりになったケーキの絵《え》が描《か》かれている。「デデグランプリ開催《かいさい》！」という文字《もじ》も書《か》かれていたが、カービィの目《め》はケーキにクギ付《づ》け。

「すごい、すごい！　なんて、おいしそうなんだろう！　デラックス山《やま》もりケーキ〜！」

カービィは、ワドルディの手《て》をつかんで、走《はし》り出《だ》そうとした。

「早《はや》く行《い》こうよ、ワドルディ！　コックカワサキのレストランへ！」

「待《ま》って、カービィ。ちがうってば。レストランじゃ食《た》べられないよ。デラックス山《やま》もりケーキは、武道大会《ぶどうたいかい》の優勝賞品《ゆうしょうしょうひん》なんだから」

「……え？」

「デデグランプリで優勝《ゆうしょう》しなくちゃ、食《た》べられないんだよ」

「優勝《ゆうしょう》……わかった！」

カービィは、飛《と》びはねた。

「ぼく、優勝《ゆうしょう》するよ！　早《はや》く行《い》こうよ、ワドルディ。その、デデグランプリへ！」

「うん！　じゃ、ぼくが会場《かいじょう》へ案内《あんない》するよ。あっ、その前《まえ》に」

ワドルディは、駆《か》け出《だ》そうとしていた足《あし》を止《と》めた。

「カービィ、戦《たたか》いの準備《じゅんび》をしておいたほうがいいよ」

「準備《じゅんび》？」

「うん。プププランドじゅうの力《ちから》じまんが集《あつ》まってくるから、すっぴんのままじゃ勝《か》てないよ。何《なに》か、コピー能力《のうりょく》を持《も》っておいたほうがいいよ」

「あ、そうか」

カービィには、ふしぎな力《ちから》がそなわっている。特別《とくべつ》な能力《のうりょく》を持《も》った相手《あいて》を吸《す》いこむと、その能力《のうりょく》をそっくりコピーできるのだ。

「どんなコピー能力《のうりょく》がいいかな？」

「よく考《かんが》えたほうがいいよ。いちばん強《つよ》くて、どんな相手《あいて》にも通用《つうよう》するコピー能力《のうりょく》を選《えら》ばなくちゃ……」

「なんでもいいよ！　とにかく、早《はや》く会場《かいじょう》に行《い》かなくちゃ、ケーキがなくなっちゃう。最《さい》初《しょ》に通《とお》りかかった相手《あいて》を吸《す》いこもう」

カービィはきょろきょろとあたりを見回《みまわ》した。

草原《そうげん》の小道《こみち》を、だれかが歩《ある》いてくるのが見《み》えた。カービィは背《せ》のびして、目《め》をこらした。

「あ、あれはソードナイトだよ。メタナイトの部下《ぶか》の」

「ほんとだ。メタナイト様《さま》の姿《すがた》は見《み》えないね。一人《ひとり》で何《なに》をしに来《き》たんだろう？」

「おーい、ソードナイト！」

カービィは手《て》を振《ふ》りながら、ソードナイトのほうへ駆《か》け出《だ》した。

気《き》づいたソードナイトは、足《あし》を止《と》めた。

「やあ、カービィか。あいかわらず、元気《げんき》そうだな」

「一人《ひとり》なの？　メタナイトや、ブレイドナイトたちは？」

「今日《きょう》は、オレ一人《ひとり》さ。メタナイト様《さま》の命令《めいれい》で、情報《じょうほう》を集《あつ》めにきたんだ」

「情報《じょうほう》って？」

「デデデ大王《だいおう》が、武道大会《ぶどうたいかい》を開催《かいさい》するといううわさを聞《き》いたんだ。メタナイト様《さま》が、興味《きょうみ》をお持《も》ちになってな。どんな大会《たいかい》か調《しら》べてくるよう、命《めい》じられたってわけさ」

「だったら、このチラシをどうぞ」

ワドルディがチラシを渡《わた》した。

ソードナイトは、チラシに目《め》を通《とお》してつぶやいた。

「デデデグランプリ開催《かいさい》……優勝賞品《ゆうしょうしょうひん》は、コックカワサキ特製《とくせい》のケーキか。これはいい、メタナイト様《さま》もきっとおよろこびに……い、いやいや。メタナイト様《さま》のようなクールな剣《けん》士《し》が、あまいケーキなんかよろこぶはずはないが、一応《いちおう》、報告《ほうこく》しておこう」

ソードナイトは、チラシをよろいの内側《うちがわ》に大事《だいじ》にしまいこんだ。

そこへ、カービィが元気《げんき》よく声《こえ》をかけた。

「ちょうどいいとこで会《あ》えてよかった、ソードナイト」

「ん？　何《なに》がちょうどいいんだ？」

「ぼく、コピー能力《のうりょく》のもとを探《さが》してたんだ。力《ちから》を貸《か》してね」

「……なに？」

ソードナイトはたじろいだ。彼《かれ》はこれまでにも、カービィに吸《す》いこまれて、たいへんな目《め》にあったことがあるのだ。

「や、やめろ、カービィ。なんでオレが……！」

「ぼく、デデグランプリで優勝《ゆうしょう》したいんだ。お願《ねが》いだよ、ソードナイト」

「こ、ことわる！　オレは急《いそ》いで戦艦《せんかん》ハルバードに戻《もど》らないと……うわああぁ！」

歴戦《れきせん》の勇者《ゆうしゃ》ソードナイトも、カービィのパワーにはかなわない。

たちまち宙《ちゅう》を飛《と》んで、カービィが大《おお》きく開《ひら》いた口《くち》の中《なか》へ吸《す》いこまれてしまった。

とたんに、カービィの姿《すがた》が変化《へんか》した。頭《あたま》に緑色《みどりいろ》のぼうしをかぶり、片手《かたて》にはするどい剣《けん》をにぎっている。

「**ソード！**」

カービィは剣《けん》を高《たか》くかかげて叫《さけ》んだ。

これが、カービィの持《も》つふしぎな力《ちから》。ソードナイトを吸《す》いこむことによって、数々《かずかず》の剣《けん》のワザをくり出《だ》せる「ソード」のコピー能力《のうりょく》を身《み》につけたのだ。

「カービィ……」

ワドルディは、ちょっと困《こま》った顔《かお》になった。

カービィは、得意満面《とくいまんめん》。

「これなら戦《たたか》えるよ！　デデデグランプリで優勝《ゆうしょう》して、デラックス山《やま》もりケーキを食《た》べるんだ！」

「う、うん……ソードナイトさんが、かわいそうだけど……」

「だいじょーぶ、だいじょーぶ。大会《たいかい》が終《お》わったら、元《もと》に戻《もど》してあげるから！」

カービィは、むじゃきに剣《けん》を振《ふ》り回《まわ》している。

食《た》べ物《もの》に夢中《むちゅう》になっている時《とき》のカービィには、何《なに》を言《い》ってもムダなのだ。

ワドルディは、ため息《いき》まじりに言《い》った。

「そう……だね。とにかく、会場《かいじょう》へ急《いそ》ごう」

「さあ、行《い》くぞ〜！」

ソードのコピー能力《のうりょく》を得《え》たカービィは、早《はや》くもやる気《き》まんまん。

二人《ふたり》は手《て》をつなぎ、デデグランプリの会場《かいじょう》めざして走《はし》り出《だ》した。


さて──二人《ふたり》の姿《すがた》が消《き》えた後《あと》。

草《くさ》むらから、だれかがゴソゴソとはい出《だ》してきた。

自称発明王《じしょうはつめいおう》のトロンだ。例《れい》の、へんてこなカメラを手《て》にしている。

彼《かれ》は、ひたいに浮《う》かんだあせをぬぐって、つぶやいた。

「……な、なんてパワーだ。このデータを使《つか》って、カービィをバンバン量産《りょうさん》すれば、ワイの計画《けいかく》は大成功《だいせいこう》まちがいなし……フフフ……ヒヒヒ！」

トロンは、デデデ大王《だいおう》の前《まえ》にいた時《とき》とは別人《べつじん》のように、ずるがしこい笑《え》みを浮《う》かべた。


「わあ……何《なに》、これ……すごい……」

会場《かいじょう》に到着《とうちゃく》したカービィは、目《め》をみはった。

てっきり、デデデ城《じょう》の庭《にわ》や、川《かわ》ぞいの原《はら》っぱなどに、急《きゅう》ごしらえの闘技場《とうぎじょう》を作《つく》るものだと思《おも》っていたのだが――。

カービィとワドルディの目《め》の前《まえ》にそびえ立《た》っているのは、デデデ城《じょう》よりもさらに大《おお》きな、宮殿《きゅうでん》のような建物《たてもの》だった。

ワドルディが説明《せつめい》した。

「この建物《たてもの》は、バトルキャッスルっていってね。デデデグランプリのために、デデデ大王《だいおう》様《さま》が建《た》てたんだよ」

「この大会《たいかい》のために……？」

「そうなんだ。たくさんの住民《じゅうみん》をやとって、たった数日《すうじつ》で造《つく》り上《あ》げちゃったんだよ。さすがはデデデ大王様《だいおうさま》だよね！」

ワドルディは得意《とくい》そうだが、カービィはあっけにとられていた。

武道大会《ぶどうたいかい》のためだけに、こんなに大《おお》がかりな会場《かいじょう》を造《つく》ってしまうなんて……デデデ大王《だいおう》の意気《いき》ごみが伝《つた》わってくる。

カービィも、ますますやる気《き》が出《で》てきた。

「よーし！　ぜったいに優勝《ゆうしょう》するぞー！」

「その意気《いき》だよ。がんばってね、カービィ」

二人《ふたり》は、バトルキャッスルの門《もん》に近《ちか》づいていった。

門《もん》の前《まえ》に、何者《なにもの》かが立《た》ちはだかっていた。

むらさき色《いろ》のヘルメットをかぶり、長《なが》いヤリを手《て》にしている。この門《もん》を守《まも》る門番《もんばん》らしい。

しかし、カービィはその姿《すがた》を見《み》ておどろいた。

「あれ……!?　あの門番《もんばん》、ワドルディにそっくりだよ！」

「うん、そうなんだ」

ワドルディは小声《こごえ》で答《こた》えた。カービィも、つられて小声《こごえ》

になった。

「だれなの、あいつ？　ワドルディの兄弟《きょうだい》？」

「うーん……わからないけど、ぼくにそっくりな連中《れんちゅう》が、急《きゅう》にたくさんあらわれたんだよ。この大会《たいかい》に合《あ》わせるようにね」

「たくさん？　じゃ、あいつの他《ほか》にもいるってこと？」

「うん。数《かぞ》えきれないくらいいいるんだ。みんな、そっくりで、ぼくにも見分《みわ》けがつかないんだよ」

「どこからきたの？」

「さあ……わからない」

ふしぎなこともあるものだ。

だが、ワドルディにそっくりな連中《れんちゅう》なら、仲良《なかよ》くなれそうだ。

カービィはそう思《おも》って、張《は》り切《き》って門番《もんばん》に話《はな》しかけようとした。

ワドルディは、あわてたようにカービィの手《て》をつかんで止《と》めた。

「待《ま》って、カービィ。ひとつ、言《い》っておかなくちゃ」

「なに？」

「門《もん》を守《まも》ってる兵隊《へいたい》ワドルディは、おっかないんだ。顔《かお》はぼくにそっくりだけど、ぼくよりずっと怖《こわ》いから、気《き》をつけてね」

「……ふうん？」

おっかないワドルディと言《い》われても、ピンとこない。

カービィはひるまずに、兵隊《へいたい》ワドルディに近《ちか》づいて声《こえ》をかけようとした。

しかし、カービィが口《くち》を開《ひら》く前《まえ》に、兵隊《へいたい》ワドルディはヤリをかざして大声《おおごえ》を上《あ》げた。

「なんだ、おまえたち。この先《さき》に進《すす》みたいのか？」

声《こえ》はワドルディによく似《に》ているが、口調《くちょう》はけわしく、いばりくさっている。

カービィは、きょとんとしてうなずいた。

すると、兵隊《へいたい》ワドルディは冷《つめ》たい目《め》でカービィをにらんで言《い》った。

「この先《さき》は、強者《きょうしゃ》が集《あつ》まるバトルの地《ち》。進《すす》みたければ、わたしと勝負《しょうぶ》しろ！」

「え……？」

門番《もんばん》と、いきなり勝負《しょうぶ》……？

「わたしに力《ちから》を見《み》せてみよ！」

兵隊《へいたい》ワドルディは、ヤリをにぎる手《て》に力《ちから》をこめた。

カービィはハッとして剣《けん》をかまえようとしたが、兵隊《へいたい》ワドルディが口《くち》にしたのは、思《おも》いがけない言葉《ことば》だった。

「勝負《しょうぶ》は……『**あつめて！　リンゴマッチ**』だ！」

「え？　リンゴ？」

「あれを見《み》よ！」

兵隊《へいたい》ワドルディは、ヤリで方向《ほうこう》を示《しめ》した。

門《もん》の前《まえ》の庭《にわ》に、たくさんの木《き》が植《う》えられている。そのうちの何本《なんぼん》かはまっかな実《み》をつけており、周囲《しゅうい》を柵《さく》で囲《かこ》われていた。

「あそこに、リンゴの木《き》があるだろう」

「う……うん。リンゴっていうか……あれは、ウィスピーウッズじゃ……？」

カービィは、おそるおそる言《い》ってみた。

柵《さく》の中《なか》に立《た》っているのは、ただの木《き》ではない。プププランドの住民《じゅうみん》の、ウィスピーウッズだった。

ウィスピーウッズは、一見《いっけん》したところ、ふつうの木《き》のように見《み》える。美《うつく》しい緑《みどり》の葉《は》をいっぱいつけているし、収穫《しゅうかく》の時《とき》がくれば豊《ゆた》かな実《み》をみのらせる。

けれど、話《はな》しかければ答《こた》えてくれるし、たまにかんしゃくを起《お》こして攻撃《こうげき》してくることもある。ただの木《き》ではなく、プププランドに住《す》む仲間《なかま》なのだ。

「あの木《き》になっているリンゴを、たくさん集《あつ》めたほうが勝《か》ちだ」

兵隊《へいたい》ワドルディは、のしのしと近《ちか》づいていった。

カービィもついて行《い》った。近《ちか》くで見《み》ても、やっぱりウィスピーウッズだ。

「やっほー、ウィスピーウッズ。こんなところで、何《なに》をやってるの？」

声《こえ》をかけると、ウィスピーウッズはふきげんそうに答《こた》えた。

「決《き》まってるだろ。デデグランプリに参戦《さんせん》するためにきたのさ」

「え？　ウィスピーウッズも戦《たたか》うの？」

「そのつもりだったのさ！　でも！」

ウィスピーウッズは、腹立《はらだ》たしくてたまらない様子《ようす》で言《い》った。

「ワドルディにそっくりな連中《れんちゅう》に、取《と》り囲《かこ》まれてさ。『おまえはリンゴだな？』『リンゴだ、リンゴだ！』って決《き》めつけられて、ここに植《う》えられちゃったんだよ！」

「へえ……」

見《み》れば、ウィスピーウッズのまわりの地面《じめん》は、カチカチに踏《ふ》み固《かた》められている。

ウィスピーウッズは、根《ね》っこを足《あし》のように動《うご》かして歩《ある》くこともできるのだが、そのためには大《おお》きなエネルギーが必要《ひつよう》になる。こんなに地面《じめん》がカチカチでは、根《ね》っこを引《ひ》っこ抜《ぬ》くこともできない。

「それは、たいへんだね」

「たいへんどころじゃない。さっさと飛《と》び出《だ》して、バトル会場《かいじょう》に行《い》きたいんだよ！」

ウィスピーウッズの叫《さけ》びなど聞《き》こえないかのように、兵隊《へいたい》ワドルディが言《い》った。

「では、勝負《しょうぶ》を始《はじ》める。おまえは、その木《き》になったリンゴを集《あつ》めろ。わたしは、こちらの木《き》のリンゴを集《あつ》める」

兵隊《へいたい》ワドルディがヤリの先《さき》で示《しめ》したのは、ウィスピーウッズのとなりにはえている木《き》だった。こちらは、ただのリンゴの木《き》だ。

「え？　ぼくがウィスピーウッズで、そっちはふつうのリンゴなの……？」

「つべこべ言《い》うな。では、用意《ようい》、始《はじ》め！」

叫《さけ》ぶが早《はや》いか、兵隊《へいたい》ワドルディはリンゴの木《き》に突進《とっしん》し、みきに抱《だ》きついて揺《ゆ》らし始《はじ》めた。

ゆさゆさと揺《ゆ》られて、いくつものリンゴが落《お》ちてくる。兵隊《へいたい》ワドルディは、それを急《いそ》いでかき集《あつ》め、ひとところに積《つ》み上《あ》げた。

カービィは、あせった。

「わ、わ。ぼくも、早《はや》くリンゴを集《あつ》めなくちゃ。協力《きょうりょく》してね、ウィスピーウッズ！」

「なんだとぉ？　だれが、協力《きょうりょく》なんかするか！　オレだって出場《しゅつじょう》したいんだからな！」

ウィスピーウッズはかんしゃくを起《お》こし、カービィにまっかな実《み》をぶつけてきた。

とっさに飛《と》びのいたカービィに、ウィスピーウッズは大声《おおごえ》で宣言《せんげん》した。

「決《き》めたぞ、カービィ。オレはおまえを倒《たお》して、オレがりっぱな戦士《せんし》だということを証明《しょうめい》してみせる！」

「えええ……!?」

「そうすれば、大会《たいかい》への出場《しゅつじょう》がみとめられるはずだからな。かくごしろ！」

ウィスピーウッズの攻撃《こうげき》！　まっかな実《み》が次々《つぎつぎ》にカービィに降《ふ》り注《そそ》ぐ。

「わあぁ！　いたいよ、やめて！」

カービィは悲鳴《ひめい》を上《あ》げたが、すぐに気《き》づいた。

「そうか、この実《み》を集《あつ》めればいいんだね。よーし！　その調子《ちょうし》で、もっと実《み》を投《な》げてよ、ウィスピーウッズ！」

カービィは実《み》をひろい集《あつ》めて、積《つ》み上《あ》げた。

ウィスピーウッズは、ますます怒《おこ》り出《だ》した。

「オレの実《み》を集《あつ》める気《き》か。その手《て》には乗《の》らないぞ！」

ウィスピーウッズは実《み》をぶつける攻撃《こうげき》をやめ、口《くち》をとがらせて息《いき》を吸《す》いこみ、空気弾《くうきだん》にしてはき出《だ》した。

カービィは、右《みぎ》に左《ひだり》に飛《と》びはねて、なんとか空気弾《くうきだん》をよけた。

しかし、このままでは、兵隊《へいたい》ワドルディとの勝負《しょうぶ》に負《ま》けてしまう。

「やめてよ、ウィスピーウッズ！」

「ははは！　まいったか。オレはデデグランプリで優勝《ゆうしょう》するぞぉー！」

ウィスピーウッズは、次々《つぎつぎ》に空気弾《くうきだん》をはき出《だ》してくる。

カービィは、剣《けん》をかまえた。

「もーお！　そっちがその気《き》なら、ぼくだって戦《たたか》うからね！」

「こい、カービィ！」

ウィスピーウッズは、大《おお》きく息《いき》を吸《す》いこんだ。

カービィはすばやく飛《と》び上《あ》がり、ウィスピーウッズに切《き》りつけた。

「くらえ、**きり上《あ》げスラッシュ！**」

「このおおおお！」

枝《えだ》に一撃《いちげき》を食《く》らったウィスピーウッズは、怒《おこ》ってからだを揺《ゆ》すった。

その衝撃《しょうげき》で、赤《あか》い実《み》が次々《つぎつぎ》に落《お》ちてくる。

カービィはよろこんで、実《み》をひろい集《あつ》めた。

「この調子《ちょうし》、この調子《ちょうし》！」

「こらー！　オレの実《み》を、勝手《かって》に集《あつ》めるなー！」

カービィは剣《けん》を振《ふ》りかざし、ウィスピーウッズに切《き》りかかる。

ウィスピーウッズは空気弾《くうきだん》で対抗《たいこう》しようとしたが、カービィの攻撃《こうげき》に耐《た》えきれず、つい、みきを揺《ゆ》すって実《み》を落《お》としてしまう。

カービィはそれを集《あつ》めて、積《つ》み上《あ》げる。

まもなく、兵隊《へいたい》ワドルディが片手《かたて》を上《あ》げて叫《さけ》んだ。

「それまで！　制限時間《せいげんじかん》だ。どちらが多《おお》く集《あつ》めたか、数《かぞ》えるぞ！」

「いいよ！」

カービィと兵隊《へいたい》ワドルディは、それぞれが積《つ》んだリンゴを一つずつ手《て》に取《と》り、空《そら》に放《ほう》り投《な》げて数《かぞ》えた。

「いーち！　にー！　さーん！　しー！」

結果《けっか》は……兵隊《へいたい》ワドルディが二十個《こ》。カービィは、なんと二十四個《こ》！

「やったぁ！　ぼくの勝《か》ちだよ！」

カービィはおどり上《あ》がって、よろこんだ。

兵隊《へいたい》ワドルディは、ヤリを下《お》ろして言《い》った。

「うむ、見事《みごと》なり！　約束《やくそく》どおり、この先《さき》に進《すす》むことをみとめよう！」

勝負《しょうぶ》を見守《みまも》っていたワドルディが、駆《か》けよってきた。

「やったね。さすがはカービィ！」

「ありがとう、ワドルディ！」

手《て》を取《と》り合《あ》ってよろこぶ二人《ふたり》に、兵隊《へいたい》ワドルディはいかめしく告《つ》げた。

「この先《さき》にも、さまざまなバトルや手《て》ごわいライバルたちが待《ま》っている。気《き》をひきしめて進《すす》むのだな」

兵隊《へいたい》ワドルディはわきによけて、カービィたちを通《とお》してくれた。

「行《い》こう！」

カービィとワドルディは、いよいよバトルキャッスルの門《もん》をくぐった。

「待《ま》てぇ〜！　オレも出場《しゅつじょう》させろ〜！」

ウィスピーウッズの叫《さけ》び声《ごえ》が、むなしくひびいていた。

3 カービィがいっぱい!?

お堀《ほり》にかかった橋《はし》をわたり、城門《じょうもん》をくぐると、そこは大《おお》きな広間《ひろま》だった。

「よく来《き》たな、カービィ！」

二人《ふたり》が大広間《おおひろま》に入《はい》っていったとたん、大《おお》きな声《こえ》がひびきわたった。

デデデ大王《だいおう》だ。大広間《おおひろま》の真《ま》ん中《なか》でふんぞり返《かえ》っている。

大王《だいおう》のかたわらには、へんてこな機械《きかい》が置《お》いてあった。大《おお》きなタルのような本体《ほんたい》に、ハンドルがついている。

そして、機械《きかい》のそばには、ワドルディにそっくりな生《い》き物《もの》がひかえていた。

デデデ大王《だいおう》は、もったいぶった口調《くちょう》で続《つづ》けた。

「このデデデ大王様《だいおうさま》による、デリシャスで、デンジャラスで、デラーックスな大会《たいかい》……デデデグランプリに！」

たちまち、大《おお》きな拍手《はくしゅ》がわき起《お》こった。

あたりを見回《みまわ》したカービィは、息《いき》が止《と》まりそうなほどびっくりした。

無表情《むひょうじょう》に手《て》をたたいているのは――なんと、カービィにそっくりな生《い》き物《もの》たちだった。

からだの色《いろ》は、青色《あおいろ》だったり黄色《きいろ》だったりさまざまだが、姿《すがた》かたちは、カービィそのもの。なぞのカービィ軍団《ぐんだん》が、広間《ひろま》をうめつくしている。

「な、な、なんで!?　ぼくにそっくりな子《こ》たちが、こんなにたくさん……!?」

「これは……どういうこと……？」

ワドルディも、目《め》をまるくしている。

カービィは、ハッとした。以前《いぜん》、「プププ王国《キングダム》」で出会《であ》ったカービィたちのことを思《おも》い出《だ》したのだ。

プププ王国《キングダム》は、プププランドによく似《に》た別世界《べっせかい》。ひょんなことでプププ王国《キングダム》に迷《まよ》いこんでしまったカービィは、そこで、自分《じぶん》にそっくりな勇者《ゆうしゃ》たちに出会《であ》った。

でも、この広間《ひろま》にひしめいているカービィたちは、プププ王国《キングダム》のカービィたちとはまっ

たくちがった。

みんな、無口《むくち》で、表情《ひょうじょう》がない。見《み》た目《め》だけはカービィにそっくりだけれど、こころが感《かん》じられない……。

デデデ大王《だいおう》が、余裕《よゆう》たっぷりの笑《え》みを浮《う》かべて言《い》った。

「どうかしたのか、カービィ。自分《じぶん》の分身《ぶんしん》を見《み》て、おののいたか？」

「……分身《ぶんしん》？」

「うむ。このバトルキャッスルには、さまざまなバトルが用意《ようい》されている。おまえの前《まえ》に立《た》ちはだかるのは、おまえそっくりのこいつらだ。こいつらを倒《たお》さねば、勝《か》ち進《すす》むことはできない。かくごするんだな！」

「だ、大王様《だいおうさま》……！」

ワドルディが進《すす》み出《で》て、デデデ大王《だいおう》を見上《みあ》げた。

「どういうことですか？　このカービィたちは、いったいどこから……？」

「実《じつ》にいい質問《しつもん》だ。これを見《み》て、おどろくがいい！」

デデデ大王《だいおう》は、タルのような機械《きかい》のそばに立《た》っている、ワドルディそっくりの生《い》き物《もの》に目《め》くばせを送《おく》った。

その「そっくりワドルディ」は、かけ声《ごえ》とともに、いきおいよくハンドルを回《まわ》し始《はじ》めた。

「そりゃ！　そりゃ！」

ハンドルが回転《かいてん》すると、いくつもの歯車《はぐるま》が回《まわ》り、タルのような機械《きかい》がかがやいた。

すると――どうしたことだろう。機械《きかい》のフタが開《ひら》き、そこからカービィそっくりの生《い》き物《もの》が転《ころ》がり出《で》てきた。

「えええ――!?」

信《しん》じられないできごとを見《み》て、カービィは悲鳴《ひめい》を上《あ》げた。

あらたに生《う》まれたカービィのそっくりさんは、むっくりと立《た》ち上《あ》がった。

からだの色《いろ》はオレンジ色《いろ》だが、それ以外《いがい》はカービィそのものだ。頭《あたま》に緑色《みどりいろ》のぼうしをかぶっているところも、剣《けん》を手《て》にしているところも、今《いま》のカービィそっくり。

デデデ大王《だいおう》は、カービィを見下《みお》ろして笑《わら》った。

「どうだ、カービィ。おまえにそっくりだろう?」

「大王様《だいおうさま》……この機械《きかい》は……!?」

ワドルディが、ふるえる声《こえ》で言《い》った。

デデデ大王《だいおう》のかげにかくれていた者《もの》が、ゆっくりと歩《あゆ》み出《で》てきた。

「あ……発明家《はつめいか》のトロンさん……!」

ワドルディの叫《さけ》びに、トロンは片手《かたて》を上《あ》げてこたえた。

「いかにも。ワタクシは、デデデ陛下《へいか》のためにプププランドにやってきた、宇宙一《うちゅういち》の発明《はつめい》王《おう》トロン。おどろきましたかな、カービィどの」

カービィは、目《め》をまんまるにして言《い》い返《かえ》した。

「おどろくに決《き》まってるでしょ、こんなの! これは、なんなの……?」

「フフフ。では、紹介《しょうかい》させていただきましょう。これこそ、わが生涯最高《しょうがいさいこう》の発明品《はつめいひん》――**カービィプリンター！**」

トロンはサッと片手《かたて》を上《あ》げて、タルのような機械《きかい》を示《しめ》した。

「データを入力《にゅうりょく》するだけで、同《おな》じ物《もの》を何体《なんたい》でもプリントできる、すごい機械《きかい》なのです。カービィどののデータを使《つか》って、そっくりさんを大量生産《たいりょうせいさん》させていただいたというわけでしてね」

「ぼくの……データ……？」

「さよう。ここから生《う》み出《だ》されたコピーカービィたちは、姿《すがた》かたちだけでなく、能力《のうりょく》もパワーもあなたそっくり。つまり、これからくり広《ひろ》げられる戦《たたか》いは、カービィ対《たい》カービィ……白熱《はくねつ》したバトルになること、まちがいなしだぜ……でございますよ！」

「そ、そんな……！」

カービィは、混乱《こんらん》してしまった。

カービィの分身《ぶんしん》？　カービィ対《たい》カービィ？

そんなこと言《い》われても、わけがわからない。

デデデ大王《だいおう》が言《い》った。

「すでに戦《たたか》いは始《はじ》まっているぞ。出場者《しゅつじょうしゃ》たちが次々《つぎつぎ》にカービィ軍団《ぐんだん》にいどみ、敗北《はいぼく》しているのだ。おまえも早《はや》く戦《たたか》いの準備《じゅんび》を……」

　そのとき、闘技場《とうぎじょう》へと通《つう》じているとびらが開《ひら》き、二つの影《かげ》が飛《と》び出《だ》してきた。

　炎《ほのお》の暴《あば》れんぼう、バーニンレオ。そして、プププランドきってのパワーファイター、ナックルジョーだ。

「ち、ちくしょー！　覚《おぼ》えてやがれ！」

　バーニンレオがくやしげに叫《さけ》ぶ。ナックルジョーも、地団駄《じだんだ》をふみながら言《い》った。

「強《つよ》すぎるっス！　まだまだ、オレの修行《しゅぎょう》が足《た》りなかったっス！」

「くそ～！　カービィめ、いつの間《ま》にあんなに増《ふ》えたんだ……色《いろ》まで変《か》わりやがって！」

「バーニンレオ！　ナックルジョー！　だいじょーぶ!?」

カービィは、二人《ふたり》に駆《か》けよった。

二人《ふたり》は、目《め》をみはった。

「出《で》たな、カービィ！」

「今度《こんど》は負《ま》けないッスよ！　かくごするッス！」

二人《ふたり》とも、今《いま》にもバトルを始《はじ》めそうな剣幕《けんまく》だ。

カービィは飛《と》び上《あ》がって、言《い》った。

「待《ま》って、待《ま》って。ちがうよ、ぼく、ほんもののカービィだよ。コピーじゃないよ」

「コピー？　何《なに》を言《い》ってるんだ、こいつ」

「つべこべ言《い》わずに、戦《たたか》うッス〜！」

目《め》を血走《ちばし》らせている二人《ふたり》に、ワドルディが説明《せつめい》した。

「今《いま》、闘技場《とうぎじょう》で戦《たたか》ってるカービィたちは、ほんものじゃないんです。機械《きかい》によって生《う》み出《だ》された、にせものなんです。この、ピンクのカービィがほんもの」

「な……なんだって？」

バーニンレオもナックルジョーも、口《くち》をあんぐりと開《あ》けた。

「オレたちをたたきのめしたのは、にせもののカービィだったっていうのか……？」

「い、いや、信《しん》じられないッス！　だって、カービィと同《おな》じくらい強《つよ》かったッスよ」

「能力《のうりょく》もパワーも、カービィそっくりに作《つく》られてるんです」

二人《ふたり》は、やっと、戦《たたか》いのかまえをといた。

「そうか……あいつら、にせものだったのか。なんとなくヘンだとは思《おも》ったんだよな」

「そうそう。こっちから声《こえ》をかけても、ぜんぜん返事《へんじ》をしなかったッス」

「表情《ひょうじょう》も変《か》わらないし、なんだか、冷《つめ》たい感《かん》じがしたよな。カービィらしくねえって思《おも》ったんだ」

「――戦士《せんし》に、こころなんて必要《ひつよう》ありませんからねえ」

口《くち》をはさんだのは、発明家《はつめいか》のトロンだ。

みんなの視線《しせん》を受《う》けて、トロンは得意《とくい》そうに口《くち》ひげをつまんだ。

「むしろ、思《おも》いやりや、やさしさなんて、戦《たたか》いの邪魔《じゃま》になるだけ。フフフ……つまり、こころを持《も》たないコピーカービィたちは、ほんもののカービィどのよりもずっと強《つよ》いということになるのですよ！」

カービィは、むっとしてトロンをにらみつけた。

「ぼく、にせものなんかに負《ま》けないよ！」

「では、それを証明《しょうめい》することですな。カービィ軍団《ぐんだん》は出場者《しゅつじょうしゃ》を次々《つぎつぎ》に負《ま》かし、勝《か》ち進《すす》んでおります。彼《かれ》らを食《く》い止《と》めないと、優勝賞品《ゆうしょうしょうひん》のケーキは彼《かれ》らの物《もの》ということに……」

「そんなこと、させないよ！」

カービィは、デラックス山《やま》もりケーキのことを思《おも》い出《だ》して、大声《おおごえ》を上《あ》げた。

顔《かお》は、いつもののんびりした表情《ひょうじょう》ではなく、キリッとしている。ケーキを夢《ゆめ》みる瞳《ひとみ》は、キラキラとかがやいていた。

バーニンレオとナックルジョーは、口々《くちぐち》に言《い》った。

「やっぱり、こいつがほんもののカービィだ。顔《かお》つきでわかるぜ」

「にせものたちの目《め》は、あんなにキラキラしてなかったッス！」

二人《ふたり》は、カービィの手《て》を取《と》って叫《さけ》んだ。

「戦《たたか》え、カービィ！　にせものたちを、ぶちのめせ〜！」

「オレたち、観客席《かんきゃくせき》で応援《おうえん》するッス！」

デデデ大王《だいおう》は、偉《えら》そうな笑《わら》いを浮《う》かべて言《い》った。

「では、オレ様《さま》は特別《とくべつ》ルームで、おまえがみじめに負《ま》けるところを見物《けんぶつ》するとしよう」

すかさず、トロンが言《い》った。

「さぞかし、痛快《つうかい》なながめでございましょうな、デデデ陛下《へいか》」

「ハハハ！　楽《たの》しみだぞ」

デデデ大王《だいおう》とトロンは、広間《ひろま》の奥《おく》にある特別《とくべつ》ルームへと入《はい》っていった。

「……負《ま》けないぞ！」

カービィは剣《けん》をにぎり直《なお》して、闘技場《とうぎじょう》へ向《む》かおうとした。

そこへ、声《こえ》をかけた者《もの》があった。

「待《ま》つでありますよ、カービィ。バトルの前《まえ》に、まず、受付《うけつけ》をすませるであります」

「あ、ワドルドゥ」

カービィは足《あし》を止《と》めた。

闘技場前《とうぎじょうまえ》のカウンターに座《すわ》っているのは、ワドルドゥ。大《おお》きな一《ひと》つ目《め》がチャームポイントの、プププランドの住民《じゅうみん》だ。

「ワドルドゥは、受付《うけつけ》の係《かか》りなの？」

「出場者《しゅつじょうしゃ》だったんでありますよ、さっきまでは。でも、まっさきにカービィ軍団《ぐんだん》に負《ま》けちやったから、ここで受付《うけつけ》をやらされてるであります」

「ワドルドゥも、コピーカービィたちと戦《たたか》ったんだ……」

「カービィ、あいつらと戦《たたか》う時《とき》は、気《き》をつけたほうがいいであります」

ワドルドゥは声《こえ》をひそめた。

「あいつら、すごく強《つよ》いであります。それどころか、勝《か》ち抜《ぬ》くたびに、ますます強《つよ》くなっ

てるであります」

「え……？」

「最初《さいしょ》は、動《うご》き方《かた》がぎこちなかったのに、どんどん戦《たたか》いに慣《な》れてきてるであります。コピー能力《のうりょく》も、自由自在《じゆうじざい》に使《つか》いこなしてるであります。ひとすじなわじゃ、いかないでありますよ」

「……わかった。ぜったいに負《ま》けないぞ！」

「では、まず、パートナーを選《えら》ぶであります」

「……ん？」

カービィは、きょとんとした。

「パートナーって？　どういうこと？」

「あ、カービィはルールを知《し》らないでありますね。このバトルキャッスルでの戦《たたか》いは、おもに、チーム戦《せん》であります。二人《ふたり》で一組《ひとくみ》になって、戦《たたか》うであります」

「ふたり……ひとくみ……？」

カービィは、パッと明《あか》るい笑顔《えがお》になった。

「じゃ、ぼく、ワドルディと組《く》むよ！」

「……え!?」

びっくりしたのは、ワドルディ。

そればかりでなく、その場《ば》にいただれもが、おどろいた顔《かお》をした。

バーニンレオが、意地《いじ》の悪《わる》い笑《わら》いを浮《う》かべて言《い》った。

「おいおい、カービィ。いくらおまえが強《つよ》くても、パートナーに足《あし》を引《ひ》っぱられちゃ、勝《か》てないぜ。ワドルディなんか、足手《あしで》まといになるだけだ」

カービィたちを囲《かこ》んだみんなは、くすくす笑《わら》った。

ワドルディは、はずかしそうに言《い》った。

「そ、そうだよ、カービィ。ぼくなんかをパートナーにしたら、負《ま》けちゃうよ……」

「でも、ぼく、ワドルディといっしょがいいんだ。ワドルディは、いや？」

ワドルディはハッとして目《め》を見《み》ひらき、ますますはずかしそうに言《い》った。

「う、ううん……いやじゃ……ない……けど」

「そうだよね。だって、ワドルディだって、コックカワサキのデラックス山《やま》もりケーキ食《た》べたいでしょ？」

「う……うん……だけど……ぼく、弱《よわ》いから……」

「だいじょーぶ！　ぼくら二人《ふたり》なら、きっと勝《か》てるから。優勝《ゆうしょう》して、二人《ふたり》で山《やま》もりケーキを食《た》べようよ！」

「カービィ……」

いじけていたワドルディの顔《かお》が、カービィと同《おな》じくらい、明《あか》るくなった。

「ありがとう、カービィ。ぼくね、ほんとは、出場《しゅつじょう》したくてたまらなかったんだ。でも、ぼくなんか、ぜったいムリだって思《おも》ってた」

「ムリじゃないよ、ぼくら二人《ふたり》なら、きっと勝《か》てるよ。行《い》こう！」

「行《い》こう！」

ワドルディは、ぴょんと飛《と》び上《あ》がった。

受付《うけつけ》のワドルドゥが、出場者《しゅつじょうしゃ》めいぼに記入《きにゅう》しながら、言《い》った。

「では、カービィ&《アンド》ワドルディ組《ぐみ》を登録《とうろく》するであります。うーん……でも……困《こま》ったであります」

「え？　何《なに》が？」

「このバトルキャッスルには、カービィもワドルディも、たくさんいるであります。選手《せんしゅ》がごちゃごちゃにならないように、目《め》じるしが必要《ひつよう》であります」

ワドルドゥは、大《おお》きな一《ひと》つ目《め》を天井《てんじょう》に向《む》けて考《かんが》えこんだ。

「カービィは、『ピンクのカービィ』と書《か》いておけばいいであります。コピーカービィはたくさんいるけど、ピンクはいないでありますから。でも、ワドルディは……他《ほか》のワドルディと、まったく見分《みわ》けがつかないであります」

カービィは言《い》った。

「たくさんいたって、ぼくは、見分《みわ》けられるよ。だって、ほんもののワドルディと、コピーのワドルディはちがうもん」

「カービィにだけ見分《みわ》けられても、困《こま》るであります。試合《しあい》のとちゅうで、ワドルディが入《い》れかわっていたりしたら、失格《しっかく》になるであります」

「そんなことないってば……」

カービィは困《こま》ってしまったが、ワドルディは言《い》った。

「それなら、いい考《かんが》えがあるよ。目《め》じるしになるものを身《み》につければいいんだよね」

ワドルディは、青《あお》い布《ぬの》きれを取《と》り出《だ》して、頭《あたま》にキュッと巻《ま》いた。

「このバンダナを巻《ま》いてるのが、ぼく。これで、いいでしょ？」

ワドルドゥはうなずいて、めいぼに記《き》入《にゅう》した。

「良《よ》いであります。ピンクのカービィ&《アンド》バンダナワドルディ組《ぐみ》……これで、問題《もんだい》ないであります」

「バンダナワドルディ……！」

カービィは、声《こえ》をふるわせた。

プププ王国《キングダム》で、仲間《なかま》のカービィたちとパーティを組《く》んで戦《たたか》ったとき、いつも助《たす》けになってくれたのは、バンダナを巻《ま》いたワドルディだった。

二つの世界《せかい》のワドルディを、この青《あお》いバンダナがつないでくれたような気《き》がして、カービィは勇気《ゆうき》づけられた。

「ん？　どうかしたの、カービィ？」

ワドルディは、ふしぎそうに、カービィの顔《かお》を見《み》た。

「……ううん、なんでもないよ！　それじゃ、行《い》こう、バンダナワドルディ！」

カービィは剣《けん》をにぎりしめ、バンダナワドルディとともに、いよいよ闘技場《とうぎじょう》に通《つう》じるとびらを開《ひら》いた。

4 熱戦《ねっせん》！ タッグマッチ

カービィとワドルディが踏《ふ》みこんだのは、円形《えんけい》の広《ひろ》い闘技場《とうぎじょう》だった。

バトルエリアを囲《かこ》むように作《つく》られた観客席《かんきゃくせき》は、超満員《ちょうまんいん》。みんな、目《め》の前《まえ》でくり広《ひろ》げられる熱《あつ》い戦《たたか》いに興奮《こうふん》し、大声《おおごえ》を上《あ》げていた。

その大歓声《だいかんせい》をやぶって、アナウンスがひびきわたった。

「さあ、次《つぎ》の試合《しあい》を始《はじ》めるぜ！　いよいよ、大注目《だいちゅうもく》チームの登場《とうじょう》だ！　ピンクのカービィ&《アンド》バンダナワドルディ〜！」

アナウンスを受《う》けもっているのは、マイクの姿《すがた》をしたウォーキー。

闘技場《とうぎじょう》に姿《すがた》をあらわしたカービィたちを見《み》て、観客《かんきゃく》はどよめいた。

拍手《はくしゅ》かっさいにまじって、いじわるな野次《やじ》も聞《き》こえてくる。

「まさか、カービィのパートナーはワドルディなのか？」

「ワドルディだと？　あいつ、戦《たたか》えるのかよ？」

「デデデ大王《だいおう》にこき使《つか》われて、走《はし》り回《まわ》ってるだけのヤツだよな！」

ワドルディはしょんぼりしたが、カービィと手《て》をつなぐと、まっすぐ顔《かお》を上《あ》げた。

「……ぼく、がんばるぞ！」

「うん！　ぜったい勝《か》とうね、ワドルディ」

ウォーキーのアナウンスがひびいた。

「ピンクのカービィ&《アンド》バンダナワドルディ組《ぐみ》のデビュー戦《せん》だぜ！　対戦相手《たいせんあいて》は、ボムカービィ&《アンド》ビートルカービィ組《ぐみ》！」

カービィたちの正面《しょうめん》のとびらが開《ひら》き、そこから二人《ふたり》のカービィが歩《あゆ》み出《で》てきた。

ボムカービィは緑色《みどりいろ》。ビートルカービィは黄色《きいろ》。からだの色《いろ》はちがうけれど、二人《ふたり》とも、ほんもののカービィにそっくりだ。

ウォーキーがルールを説明《せつめい》する。

「この戦《たたか》いは、二対二《たい》のタッグマッチだ。相手《あいて》チームの二人《ふたり》を早《はや》くダウンさせたほうが勝《か》ちだぜ！」

観客席《かんきゃくせき》のざわめきが、カービィとワドルディにも聞《き》こえてきた。

「つまり、バンダナワドルディがダウンしても、ピンクのカービィが残《のこ》っていれば勝《か》ちってことだな」

「それは、むずかしいぜ。相手《あいて》チームは、両方《りょうほう》ともカービィなんだから」

「ワドルディはたよりにならないから、ピンクのカービィが、自分《じぶん》と同《おな》じパワーを持《も》つ二人《ふたり》を倒《たお》さなければならないってことか……」

「ムリだ。勝《か》ち目《め》はない！」

ウォーキーが叫《さけ》んだ。

「両《りょう》チーム、準備《じゅんび》はいいか？　じゃ、始《はじ》めるぜ。バトル、スタート！」

ボムとビートル、二人《ふたり》のカービィが、戦闘《せんとう》ポーズを取《と》った。

ワドルディが、すばやくカービィにささやいた。

「ぼく、おとりになるよ。あいつらの気《き》をそらすから、そのすきに攻撃《こうげき》して！」

「わかった！　ワドルディ、気《き》をつけてね！」

ワドルディは、こぶしをにぎり、勇《いさ》ましく飛《と》び出《だ》していった。

「こっちだ！　ぼくが相手《あいて》だぞ！」

しかし、ボムとビートルは、ワドルディには目《め》もくれない。二人《ふたり》とも、ピンクのカービィしか見《み》ていなかった。

ボムカービィが、続《つづ》けざまに爆弾《ばくだん》を投《な》げつけてくる。カービィはすばやくかわし、剣《けん》をかまえた。

「**ドリルソード！**」

剣《けん》を高速回転《こうそくかいてん》させ、ボムカービィにつっこむ。

狙《ねら》いは、みごとに命中《めいちゅう》。まともに攻撃《こうげき》を食《く》らったボムカービィは、ひっくり返《かえ》った。

「やったぁ……！」

カービィは歓声《かんせい》を上《あ》げたが、その声《こえ》は、すぐにとぎれてしまった。

ボムカービィは、何《なに》ごともなかったかのように起《お》き上《あ》がり、ふたたび爆弾《ばくだん》をかまえている。その間《あいだ》にも、ビートルカービィが攻撃《こうげき》をくり出《だ》してくる。

二人《ふたり》からは、なんの感情《かんじょう》も読《よ》み取《と》れなかった。

攻撃《こうげき》を食《く》らってひっくり返《かえ》ったというのに、くやしそうな様子《ようす》も、あせった様子《ようす》もない。

それどころか、痛《いた》みを感《かん》じてすらいないように、ずっと無表情《むひょうじょう》なままだ。

カービィは、トロンの言葉《ことば》を思《おも》い出《だ》した。

――こころを持《も》たないコピーカービィたちは、ほんもののカービィどのよりもずっと強《つよ》いということになるのですよ！

「そんなこと……そんなこと、ぜったいにない！」

カービィは叫《さけ》び、攻撃《こうげき》をくり出《だ》した。

「えーい！　**ドリルソード！**」

さっきのように、ボムカービィにつっこんでいく。

しかし、同《おな》じ手《て》は通《つう》じなかった。

ボムカービィは、攻撃《こうげき》を見切《みき》っていた。すばやくかわし、爆弾《ばくだん》をかまえる。

「あぶない、カービィ！」

ワドルディが叫《さけ》んで、飛《と》び出《だ》してきた。

そこに、ボムカービィが投《な》げた爆弾《ばくだん》が直撃《ちょくげき》した。

大爆発《だいばくはつ》。ワドルディは高《たか》く高《たか》く吹《ふ》き飛《と》ばされ、地面《じめん》に叩《たた》きつけられて、のびてしまった。

ウォーキーが絶叫《ぜっきょう》した。

「ああっ、バンダナワドルディが早《はや》くもダウン！　一対《たい》二になってしまったぞ。ピンクのカービィ、大《だい》ピンチだ！」

「ワドルディ……！」

カービィはワドルディに駆《か》けよろうとしたが、その行《ゆ》く手《て》をボムカービィがはばんだ。

二発目《はつめ》の爆弾《ばくだん》を、すばやく投《な》げつけてくる。カービィはあわてて飛《と》びのいた。

カービィの背後《はいご》に、ビートルカービィが待《ま》ちかまえていた。

ホーンアッパー！　カービィはするどいツノにつき上《あ》げられ、宙《ちゅう》を舞《ま》った。

「うわあああ！」

一瞬《いっしゅん》、目《め》が回《まわ》りそうになる。けれど、ここで気《き》を失《うしな》ってしまったら、二人《ふたり》ダウンで負《ま》けてしまう。

「ま……負《ま》けないぞ……！」

カービィは、受《う》け身《み》の姿勢《しせい》を取《と》って、ダメージをおさえた。

それでも、全身《ぜんしん》に痛《いた》みが走《はし》った。剣《けん》をにぎる手《て》に、力《ちから》が入《はい》らない。

「こ……このままじゃ……ダメだ……」

ビートルカービィがくるりと向《む》きを変《か》え、次《つぎ》の攻撃《こうげき》を狙《ねら》っている。

でも、カービィにはどうすることもできなかった。足《あし》がふらついて、まともに立《た》っていることすらできない。

ビートルカービィは、足元《あしもと》に倒《たお》れているワドルディに気《き》づくと、じゃまだとばかりに、ツノではねのけた。

気絶《きぜつ》したままのワドルディは、ふたたび宙《ちゅう》を飛《と》んで、壁《かべ》に叩《たた》きつけられた。

「あ…………！」

この光景《こうけい》を見《み》て、カービィは目《め》を丸《まる》くした。

ビートルカービィは、ワドルディのことなんて、おかまいなし。頭《あたま》を低《ひく》く下《さ》げ、カービィに向《む》かってくる。

「なんて……なんてことをするんだ！」

カービィは全力《ぜんりょく》で叫《さけ》び、思《おも》いっきり剣《けん》を振《ふ》り上《あ》げた。

さっきまで、弱《よわ》りきっていたのがウソのよう。全身《ぜんしん》に力《ちから》がみなぎり、かすみかけていた目《め》に光《ひかり》が宿《やど》っている。

「ワドルディは、ダウンしてるんだぞ！　なのに、攻撃《こうげき》するなんて……ひきょう者《もの》！」

怒《いか》りに火《ひ》がついた。

ビートルカービィも、ボムカービィも、見《み》た目《め》はカービィにそっくり。だからこそ、許《ゆる》せない。

ダウンしているワドルディを痛《いた》めつけるなんて。そんなひきょうな戦《たたか》い方《かた》をするなんて。

「はぁぁぁぁ――――！」

カービィは絶叫《ぜっきょう》し、剣《けん》をかまえると、ビートルカービィにつっこんでいった。

「食《く》らえ、**一《いっ》とうりょうだん！**」

大《おお》きく振《ふ》りかぶった一撃《げき》が、ビートルカービィを襲《おそ》う。

ビートルカービィはとっさにガードのかまえをとったが、防《ふせ》ぎきれない。

はね飛《と》ばされ、自分《じぶん》が攻撃《こうげき》したワドルディと同《おな》じように、壁《かべ》に叩《たた》きつけられてのびてしまった。

客席《きゃくせき》をうめつくした観客《かんきゃく》が、熱狂《ねっきょう》して叫《さけ》んだ。

「ビートルカービィがダウンしたぞ！　これで一対《たい》一だ！」

「おお！　がんばれ、ピンクのカービィ！」

ボムカービィは、パートナーがダウンしたというのに、心配《しんぱい》そうなそぶりも見《み》せない。

冷静《れいせい》に、爆弾《ばくだん》をかかげた。

しかし、怒《いか》りに火《ひ》のついたカービィを止《と》めることなんて、できはしない。

カービィは地面《じめん》をけって、ボムカービィへと飛《と》びかかった。

「行《い》くぞ！　**回《かい》てんぎりーー！**」

剣《けん》を水平《すいへい》にかまえて、大回転《だいかいてん》！

ソードのコピー能力《のうりょく》が放《はな》つ必殺《ひっさつ》ワザだ。これを食《く》らったら、ひとたまりもない。

ボムカービィはひっくり返《かえ》り、おまけに自分《じぶん》が持《も》っていた爆弾《ばくだん》が爆発《ばくはつ》して、気《き》を失《うしな》ってしまった。

拍手《はくしゅ》と大歓声《だいかんせい》がわき起《お》こる。ウォーキーが叫《さけ》んだ。

「勝負《しょうぶ》がついた！　勝《か》ったのは、ピンクのカービィ&《アンド》バンダナワドルディ組《ぐみ》！　次《つぎ》のバトルに進出決定《しんしゅつけってい》だーー！」

大歓声《だいかんせい》の中《なか》、カービィは、倒《たお》れているワドルディに駆《か》けよった。

「だいじょーぶ!?」

ワドルディは、うっすらと目《め》を開《あ》けた。

「あ、カービィ……ぼく……ぼくは……」

「勝《か》ったよ！　ぼくらの勝《か》ちだ！」

「……勝《か》ったの……？　さすがは、カービィ……」

「ううん、ぼく一人《ひとり》の力《ちから》じゃないよ。ワドルディのおかげ……」

カービィは言《い》いかけたが、ワドルディは安心《あんしん》したように笑《わら》って、また目《め》をつぶってしまった。


バトルキャッスルの奥深《おくふか》くにある、豪華《ごうか》な特別《とくべつ》ルーム。

カービィたちの戦《たたか》いをモニターで見《み》ていたデデデ大王《だいおう》は、「うむむ……」とうなり声《ごえ》を上《あ》げた。

「なんてことだ……カービィ&《アンド》ワドルディ組《ぐみ》が勝《か》ってしまったぞ……」

「勝《か》ってしまいましたな……」

デデデ大王《だいおう》のそばにひかえたトロンが、むずかしい顔《かお》でうなずいた。

たちまち、デデデ大王《だいおう》の怒《いか》りが爆発《ばくはつ》した。

「勝《か》ってしまいましたな、ではないわい！　この大会《たいかい》は、オレ様《さま》の名《な》を銀河《ぎんが》じゅうにとどろかせるために開《ひら》いたんだぞ。カービィが勝《か》ち進《すす》んでしまったら、オレ様《さま》じゃなくカービィの名《な》がとどろいてしまうじゃないか！」

「だ、だいじょうぶです、偉大《いだい》なる大王様《だいおうさま》。戦《たたか》いは、始《はじ》まったばかりでございます」

トロンは作《つく》り笑《わら》いをして、弁解《べんかい》した。

「こちらの作戦《さくせん》は、コピーカービィを大量《たいりょう》にぶつけて、ほんもののカービィの体力《たいりょく》をけずり取《と》ること。今《いま》の戦《たたか》いで、カービィはだいぶん疲《つか》れています。ここからが本番《ほんばん》でございますよ」

「フン……次《つぎ》こそ、カービィをこてんぱんにやっつけられるんだろうな？」

「もちろんだぜ……でございます。次《つぎ》は、強《つよ》さだけでは勝《か》てない、むずかしいステージを用意《ようい》しております」

「……む？　どういうことだ」

「それは、見《み》てのお楽《たの》しみ。知力《ちりょく》が大事《だいじ》なステージですから、コピーカービィたちのうちでもとくに頭《あたま》の良《よ》いチームを用意《ようい》しております。カービィやワドルディでは、ぜったいにかないますまい。フフフフ……」

トロンは、うつむいて笑《わら》いだした。

少《すこ》し休《やす》むと、ワドルディはすっかり元気《げんき》になった。

二回戦《かいせん》の開始《かいし》がせまっている。ワドルディは、決意《けつい》をこめた目《め》をして言《い》った。

「一回戦《かいせん》は、役《やく》に立《た》てなくてごめんね。次《つぎ》のバトルでは、ぼく、もっとがんばるから」

「一回戦《かいせん》だって、ワドルディはがんばってたよ」

カービィはそう答《こた》えたが、ワドルディは言《い》いはった。

「ううん、ぼくは、すぐに気絶《きぜつ》しちゃったから。カービィの足《あし》をひっぱっちゃった……」

「そんなことないってば。ワドルディがかばってくれたから、ぼくはダウンしなくてすんだんだよ。それに、ワドルディが勇気《ゆうき》をくれたから……」

カービィは説明《せつめい》しようとしたが、そのとき、受付《うけつけ》のワドルドゥが声《こえ》をかけてきた。

「ピンクのカービィ&バンダナワドルディ組《ぐみ》、次《つぎ》のバトルの時刻《じこく》であります。闘技場《とうぎじょう》に向《む》かうであります」

「はい！」

二人《ふたり》は、声《こえ》をそろえて返事《へんじ》をした。

「次《つぎ》のバトルは、**『こたえて！　アクションシアター』**であります。体力《たいりょく》だけじゃなくて、知力《ちりょく》が物《もの》をいう試合《しあい》であります」

「え……？　どういうこと？」

てっきり、一回戦《かいせん》と同《おな》じように戦《たたか》うものだと思《おも》っていたカービィは、めんくらった。

ワドルドゥは、あきれた様子《ようす》で言《い》った。

「ピンクのカービィは、デデグランプリのルールをぜんぜん知《し》らないでありますか。ここでは、力《ちから》のバトルだけでなく、バラエティにとんだゲームが行《おこな》われているでありますよ。アクションシアターでは、さまざまなお題《だい》が出《だ》されるであります。正解《せいかい》が多《おお》いチームが勝《か》ちであります」

「ふーん……？　よくわからないけど、お題《だい》に答《こた》えればいいんだね。がんばるぞ！」

「がんばろうね！」

カービィとワドルディは顔《かお》を見合《みあ》わせてうなずき、ふたたび、闘技場《とうぎじょう》へと向《む》かった。

闘技場《とうぎじょう》に、ウォーキーの大声《おおごえ》がひびきわたった。

「さあ、お待《ま》ちかね、ピンクのカービィ&バンダナワドルディ組《ぐみ》の第《だい》二戦《せん》が始《はじ》まるぞ！

『こたえて！　アクションシアター』で、手《て》ごわい敵《てき》と対決《たいけつ》だ――！」

客席《きゃくせき》から、あらしのような歓声《かんせい》と拍手《はくしゅ》がわき起《お》こった。

カービィたちの正面《しょうめん》のとびらが開《ひら》き、二人《ふたり》のコピーカービィが進《すす》み出《で》てきた。青《あお》いからだに白衣《はくい》をまとい、メガネをかけたドクターカービィ。そして、むらさき色《いろ》のからだにぼうしをかぶり、クリスタルのステッキを手《て》にしたミラーカービィだ。

ワドルディが、カービィにささやいた。

「なんだか、クセのありそうな二人組《ふたりぐみ》だね」

「だいじょーぶ！　ぜったい負《ま》けないぞ！」

ウォーキーが、バトルのルールを説明《せつめい》した。

「この試合《しあい》では、さまざまなお題《だい》が出《だ》されるぜ。フロアに表示《ひょうじ》される答《こた》えを見《み》て、正《ただ》しいと思《おも》うほうのエリアに入《はい》るんだ。お題《だい》は三問《もん》ある。先《さき》に二問正解《もんせいかい》したチームの勝《か》ちだ。なお、試合中《しあいちゅう》は敵《てき》チームを妨害《ぼうがい》してもいい。つまり、正解《せいかい》エリアに入《はい》ってくる敵《てき》チームをふっ飛《と》ばしてもいいんだ。じゃ、始《はじ》めるぜ！」

慣《な》れないルールにとまどいながらも、カービィはキリッとして、敵《てき》をにらみつけた。

ドクターカービィもミラーカービィも、やはり無表情《むひょうじょう》だ。さっき戦《たたか》ったボムやビートルと同《おな》じく。

「第《だい》一問《もん》！　スクリーンに映《うつ》った問題《もんだい》を見《み》よ！　正《ただ》しい答《こた》えはどっち!?」

カービィとワドルディは、スクリーンを見《み》た。

8 - 1 = ?

「……え？」

カービィもワドルディも、目《め》をぱちくり。

「ひき算《ざん》の式《しき》……だよね？」

「ハテナのところに入《はい》る数字《すうじ》を答《こた》えればいいのかな？」

ワドルディは、考《かんが》えこんだ。

「1から8をひくと……8のほうが大《おお》きいから……こういう時《とき》は、マイナスになっちゃうはずだよ。マイナス7が正解《せいかい》だ」

「よーし！　さすが、ワドルディ！」

フロアには、「7」と「-7」という二つの答《こた》えが書《か》かれている。

カービィとワドルディは、迷《まよ》わず「-7」へ。いっぽう、ドクター&《アンド》ミラー組《ぐみ》は自信《じしん》たっぷりの様子《ようす》で「7」のエリアに進《すす》んだ。

カービィは、くすっと笑《わら》った。

「あっちは、答《こた》えがマイナスって、わからなかったんだね」

「うん！　一問目《もんめ》はぼくらの勝《か》ちだね」

ウォーキーのアナウンスがひびいた。

「では、正解《せいかい》を発表《はっぴょう》するぜ！　問題《もんだい》は『8ひく1は？』……正《ただ》しい答《こた》えは7だ！　よって、ドクター&《アンド》ミラー組《ぐみ》の勝《か》ち！」

「……え？」

カービィとワドルディは、たじろいだ。

カービィは叫《さけ》んだ。

「ちがうよ！　問題《もんだい》をよく見《み》て。『1ひく8』でしょ？」

「いや、まちがってるぜ、カービィ。スクリーンをちゃんと見《み》ろ。問題《もんだい》は『8ひく1』だ」

「そんな……」

カービィとワドルディは、ぼうぜんとしてスクリーンを見《み》た。

すると――どうしたことだろう。二人《ふたり》が見《み》ていたスクリーンが、スッと消《き》えてしまった。

「え……!?　スクリーンが……！」

「どこを見《み》ているんだ、ピンクのカービィ。スクリーンは、後《うし》ろだぜ」

ウォーキーに言《い》われて、カービィとワドルディはあわてて振《ふ》り返《かえ》った。

そこには、ウォーキーが言《い》ったとおり、

8-1=?


……という問題《もんだい》が表示《ひょうじ》されている。

「あ……そうか！」

ワドルディが気《き》づいて、飛《と》び上《あ》がった。

「ぼくらが見《み》てたのは、鏡《かがみ》だったんだ。ミラーカービィが鏡《かがみ》を作《つく》り出《だ》して、スクリーンを映《うつ》してたんだ！」

「え……っと？　どういうこと？」

「ぼくら、鏡《かがみ》に映《うつ》った数字《すうじ》を見《み》てたんだよ。だから、さかさまに映《うつ》ってたんだ。『1ひく8』じゃなくて、『8ひく1』が正《ただ》しかったんだ！」

「なんだって……」

カービィは、ドクター&ミラーを見《み》た。

二人《ふたり》とも、無表情《むひょうじょう》のままだ。勝《か》ちほこった表情《ひょうじょう》もなく、じっとカービィを見《み》つめている。

カービィは、大声《おおごえ》でうったえた。

「そんなの、ずるいよ〜！　鏡《かがみ》を使《つか》うなんて！」

「コピー能力《のうりょく》を使《つか》うことは、ルールでみとめられてるぜ。一問目《もんめ》は、ドクター&ミラー組《ぐみ》の作戦《さくせん》勝《が》ち！」

観客席《かんきゃくせき》から大《おお》きなブーイングが起《お》きたが、決《き》まってしまった勝負《しょうぶ》は、ひっくり返《かえ》らない。

カービィは、がっかりした。

ワドルディが、はげました。

「今《いま》のは、くやしかったね。でも、まだ一問目《もんめ》だよ。負《ま》けたわけじゃないんだから。がんばろう！」

「……うん！　そうだね、ワドルディ」

カービィは、元気《げんき》を取《と》り戻《もど》した。

「続《つづ》いて、第二問《だいもん》だ！　リンゴの数《かず》はいくつ？」

ウォーキーの声《こえ》がひびき、天井《てんじょう》からリンゴがふってきた。

ワドルディは、すばやく、リンゴを目《め》で追《お》った。

「ひとつ、ふたつ、みっつ……あ、あれ？」

突然《とつぜん》、リンゴが増《ふ》えたような気《き》がして、ワドルディはパチパチとまばたきをした。

「よっつ、いつつ、むっつ……えーと……？」

数《かぞ》えきれないほどのリンゴが、フロアに転《ころ》がっている。

「あ……あ、そうか！　また、ミラーのコピー能力《のうりょく》だ！」

ワドルディは気《き》づいて、悲鳴《ひめい》を上《あ》げた。

ミラーカービィが、またしてもコピー能力《のうりょく》を使《つか》い、鏡《かがみ》を張《は》りめぐらせているのだ。

リンゴは、合《あ》わせ鏡《かがみ》に映《うつ》されて、無限《むげん》に増《ふ》えたように見《み》える。目《め》がチカチカして、どれがほんとうのリンゴかわからない。

「ど、どうしよう。ほんもののリンゴは、いくつ……？」

ワドルディは、うろたえた。

その時《とき》だった。

目《め》をみはっていたカービィが、突然《とつぜん》、うれしそうにおどり上《あ》がって叫《さけ》んだ。

「わーい、リンゴ、リンゴ！　おいしそう！　いただきまーす！」

リンゴは、カービィの大好物《だいこうぶつ》。

カービィは、ここが闘技場《とうぎじょう》であることもわすれて、思《おも》いっきり息《いき》を吸《す》いこんだ。

フロアに落《お》ちていたリンゴは、たちまち、カービィの口《くち》の中《なか》へ。

「え……え……ダメだよ、カービィ！　リンゴを食《た》べちゃったら、失格《しっかく》になっちゃう！」

ワドルディは、自分《じぶん》もいっしょに吸《す》いこまれないよう踏《ふ》んばりながら、声《こえ》を上《あ》げた。

カービィは、しあわせそうに目《め》を閉《と》じて、リンゴを飲《の》みこもうとしたが――。

ふいに、その顔《かお》がゆがんだ。

「うわっ。何《なに》、これ！　リンゴじゃないよ！」

カービィは、また大《おお》きく口《くち》を開《ひら》いて、たった今《いま》吸《す》いこんだリンゴをはき出《だ》した。

いきおいよく飛《と》び出《だ》したリンゴは、まず、ミラーに命《めい》中《ちゅう》。

続《つづ》く数個《すうこ》が、ミラーの後《うし》ろにいたドクターを直撃《ちょくげき》した。

リンゴ弾《だん》を食《く》らっては、たまらない。ミラーもドクターもひっくり返《かえ》って、目《め》を回《まわ》してしまった。

カービィは顔《かお》をしかめて、文句《もんく》を言《い》った。

「ほんもののリンゴじゃなくて、おもちゃだったよ……ぺっぺ！」

ウォーキーの声《こえ》がした。

「ほんもののリンゴが足《た》りなくて、おもちゃを使《つか》っているのさ。残念《ざんねん》だったな、カービイ」

「ひどいや。ぼく、ほんもののリンゴだと思《おも》ったのに……！」

ミラーカービィが倒《たお》れたおかげで、鏡《かがみ》はすべて消《き》え去《さ》った。

ワドルディは、カービィがはき出《だ》したリンゴをすばやく数《かぞ》えた。

「ひとつ、ふたつ……よし、いつつだ！　リンゴの数《かず》は、五個《こ》！」

フロアには「5」と「25」という数字《すうじ》が表示《ひょうじ》されている。カービィとワドルディは、「5」のエリアに飛《と》びこんだ。

ドクターとミラーは気絶《きぜつ》しているので、どちらのエリアにもたどりつけない。

ウォーキーが告《つ》げた。

「勝負《しょうぶ》あった！　リンゴの数《かず》は五個《こ》だ。よって、ピンクのカービィ＆バンダナワドルディ組《ぐみ》の勝《か》ち！」

観客席《かんきゃくせき》から、ワァアッと歓声《かんせい》が上《あ》がった。

ワドルディは、カービィに飛《と》びついた。

「よかった！　鏡《かがみ》にまどわされていたら、きっと25のほうを選《えら》んでたよ。カービィがリンゴを吸《す》いこんでくれたおかげだよ」

「ほんもののリンゴじゃなくて、がっかりだけどね」

「あはは！　カービィったら」

二人《ふたり》は、手《て》を取《と》り合《あ》ってよろこんだ。


その様子《ようす》を、特別《とくべつ》ルームのモニターで見《み》つめているのは――もちろん、デデデ大王《だいおう》。

怒《いか》りのあまり、手《て》がフルフルしている。

「また、また、カービィとワドルディが勝《か》ってしまったじゃないかー！　コピーカービィ

たちは何《なに》をしてるんだ！」

大王《だいおう》はイスから飛《と》び上《あ》がって、わめき散《ち》らした。

トロンは、ぺこぺこしながら言《い》いわけをした。

「まさか、リンゴを吸《す》いこむとは予想《よそう》しておりませんでした……カービィめ……」

「カービィめ、ではないわい！　あいつは、食《た》べ物《もの》を見《み》たらなんでも一瞬《いっしゅん》で吸《す》いこむんだ！　そんなことも知《し》らなかったのか、ばかものめ！」

「も、申《もう》しわけございません。しかし、だいじょうぶ。まだ二問目《もんめ》です。最後《さいご》の問題《もんだい》を正《せい》解《かい》すれば、こちらの勝《か》ちでございます」

「勝《か》てるんだろうな!?」

「もちろんでございます。三問目《もんめ》は、とびきりむずかしい問題《もんだい》を用意《ようい》しております。ここは、計算能力《けいさんのうりょく》の高《たか》いドクターの腕《うで》の見《み》せどころ。カービィやワドルディでは、たちうちできませんよ」

トロンは胸《むね》を張《は》り、得意《とくい》げに言《い》い放《はな》った。


「いよいよ最終問題《さいしゅうもんだい》だぜ! 両《りょう》チームとも、準備《じゅんび》はいいな!?」

ウォーキーの声《こえ》にこたえて、カービィとワドルディは手《て》を上《あ》げた。

ドクター&《アンド》ミラー組《ぐみ》も、正気《しょうき》に返《かえ》っている。あいかわらず無表情《むひょうじょう》に、うなずいた。

「第《だい》三問目《もんめ》は、最高《さいこう》にむずかしいぜ。では、スタート……正《ただ》しい答《こた》えはどっち!?」

ウォーキーは、すさまじい早口《はやくち》で問題《もんだい》を読《よ》み上《あ》げた。

「5たす7ひく4たす3ひく1たす9ひく2ひく3たす5ひく7たす6ひく8たす3たす7ひく4たす……」

カービィは、ぽかんとした。

「な、なに……？　早《はや》すぎて、追《お》いつけない……」

しかし、ワドルディは真剣《しんけん》な顔《かお》で、宙《ちゅう》をにらんでいる。読《よ》み上《あ》げられる数字《すうじ》を、すべて計算《けいさん》しているのだ。

カービィは、ワドルディの邪魔《じゃま》をしないよう、静《しず》かにした。

ドクターカービィも、ワドルディと同《おな》じように真剣《しんけん》な顔《かお》で、問題《もんだい》に聞《き》き入《い》っている。

ミラーカービィのほうは、この勝負《しょうぶ》をドクターにまかせることにしたようだ。計算《けいさん》をあきらめ、ふいに、ワドルディめがけて「**リフレクトフォース**」を放《はな》った。

「……！」

カービィが飛《と》び出《だ》して、攻撃《こうげき》をふせいだ。計算中《けいさんちゅう》のワドルディを邪魔《じゃま》しないよう、できるだけ静《しず》かに。

「……！　…………！」

カービィは無言《むごん》で、ミラーカービィに切《き》りつけた。

ミラーカービィは吹《ふ》っ飛《と》び、ドクターカービィを巻《ま》きこんで転《ころ》がった。

「……！」

ドクターカービィはすばやくはね起《お》きたが、今《いま》の衝撃《しょうげき》で、計算《けいさん》していた数字《すうじ》をわすれてしまったらしい。急《きゅう》に、なやましい顔《かお》になった。

その間《あいだ》にも、ウォーキーは問題《もんだい》を読《よ》み上《あ》げ続《つづ》けている。

「……たす6たす3ひく2たす5たす3ひく7ひく1たす9ひく4たす5たす……」

「……？　……？　……！」

計算《けいさん》がごちゃごちゃになってしまったようだ。ドクターカービィは、頭《あたま》をかかえてひっくり返《かえ》った。

「……たす7ひく3ひく2たす8ひく5たす4は!?」

フロアに示《しめ》された数字《すうじ》は、「22」と「23」！

ワドルディは叫《さけ》んだ。

「答《こた》えは23だよ！　こっちだ！」

カービィとワドルディは、23のエリアに飛《と》びこんだ。

ドクターとミラーも、よろよろしながら23に近《ちか》づいてくる。計算《けいさん》は完了《かんりょう》しなかったようだが、ワドルディの答《こた》えを信《しん》じたのだろう。

ウォーキーが叫《さけ》ぶ。

「どちらの組《くみ》も同《おな》じ答《こた》えだ！　これでは、勝負《しょうぶ》がつかないぞ！　敵《てき》をはじき出《だ》したほうが勝《か》ち か……!?」

それを聞《き》いてすばやく行動《こうどう》を起《お》こしたのは、ドクターカービィだった。

薬《くすり》のカプセルを取《と》り出《だ》し、カービィたちに投《な》げつける。

バウンドカプセル！

カービィとワドルディの足元《あしもと》で、カプセルが爆発《ばくはつ》した。

「うわあ！」

はずみで、カービィもワドルディも、エリアの外《そと》に転《ころ》がり出《で》てしまった。

ウォーキーが絶叫《ぜっきょう》した。

「おおっと、ピンクのカービィ&《アンド》バンダナワドルディ組《ぐみ》が、エリア外《がい》にはじき出《だ》された！　早《はや》く戻《もど》らないと、時間切《じかんぎ》れになっちゃうぜ！　タイムリミットは、あと三秒《びょう》だ！」

「わっ！　急《いそ》がなきゃ！」

カービィは、けんめいに「23」エリアに駆《か》け戻《もど》ろうとした。

しかし。

「こっちだよ、カービィ！」

ワドルディはカービィの手《て》をつかみ、「22」のエリアに飛《と》びこんだ。

「え？　ワドルディ、正《ただ》しい答《こた》えは23じゃ……？」

「あれは、ウソ！　ほんとは、22が正《ただ》しいんだ！」

ワドルディが叫《さけ》んだ瞬間《しゅんかん》だった。

「はい、そこまで！　試合終了《しあいしゅうりょう》！」

ウォーキーの声《こえ》がひびいた。

「『**こたえて！　アクションシアター**』、最終問題《さいしゅうもんだい》——正解《せいかい》は、22！　勝者《しょうしゃ》は、ピンクのカービィ&《アンド》バンダナワドルディ組《ぐみ》だ！」

観客席《かんきゃくせき》から、大《おお》きな拍手《はくしゅ》と歓声《かんせい》がわき起《お》こった。

興奮《こうふん》した観客《かんきゃく》の声《こえ》が聞《き》こえてくる。

「なんだって!?　まさか、ワドルディが相手《あいて》をだましたのか!?」

「だましたわけじゃないさ。ドクター&《アンド》ミラー組《ぐみ》は、自分《じぶん》たちで計算《けいさん》できなくて、ワドルディを利用《りよう》しようとしたんだ。そのウラをかいたってわけだ」

「つまり、作戦勝《さくせんが》ちか。やるなあ、ワドルディのやつ！」

カービィはびっくりして、ワドルディを見《み》た。

ワドルディは、ぱちっとウィンクをした。

そこへ、ウォーキーのアナウンス。

「全《ぜん》三問終了《もんしゅうりょう》！　ピンクのカービィ&バンダナワドルディ組《ぐみ》が二問正解《もんせいかい》で、大勝利《だいしょうり》だ！　次《つぎ》のバトルに進出決定《しんしゅつけってい》～！」

カービィとワドルディは、闘技場《とうぎじょう》のまんな

かに立《た》って、両手《りょうて》を上《あ》げた。
二人《ふたり》におくられる拍手《はくしゅ》かっさいは、いつまでも鳴《な》りやまなかった。

5 ぽいぽい作戦《さくせん》

バトルキャッスルのいちばん奥《おく》にある、特別《とくべつ》ルーム。

トロンは、デデデ大王《だいおう》の怒《いか》りをおそれて、こそこそと壁《かべ》ぎわに避難《ひなん》していた。

「また……また……また――――！」

デデデ大王《だいおう》は、イスの上《うえ》で何度《なんど》も飛《と》びはねて、わめき散《ち》らした。

「またもや、あいつらが勝《か》ってしまった！　コピーカービィどもなんて、役《やく》に立《た》たんじゃないか――――！」

「い、意外《いがい》ですな、大王様《だいおうさま》」

トロンは、小《ちい》さくちぢこまって言《い》いわけをした。

「まさか、あのチンチクリ……クリンとしたかわいい坊《ぼ》っちゃまが、あんなに計算《けいさん》が得意《とくい》だなんて、思《おも》いもよりませんでした」

「ワドルディは、いつもオレ様《さま》のお使《つか》いをしてるから、小《こ》ぜにの計算《けいさん》が得意《とくい》なんだ！　あいつは、おつりが一ポイントスターちがっていても、すぐに気《き》がつくほどなんだぞ！」

「知《し》りませんでした……」

「ばかものめ！　うう……このままでは、カービィ組《ぐみ》が勝《か》ち進《すす》んでしまう……あいつらが、優勝《ゆうしょう》してしまうではないか！」

「だいじょうぶでございます、デデデ陛下《へいか》。次《つぎ》こそ、最強《さいきょう》コピーカービィチームが、やつらを食《く》い止《と》めますです！」

トロンは、力強《ちからづよ》く言《い》いきった。


第三戦《だいさんせん》の闘技場《とうぎじょう》に入場《にゅうじょう》したカービィは、口《くち》をぽかんと開《あ》けてしまった。ワドルディも、目《め》を見《み》ひらいてきょろきょろしている。

そこは、これまでに戦《たたか》ってきた闘技場《とうぎじょう》とは、まるでちがっていた。

床板《ゆかいた》がなく、足元《あしもと》はひび割《わ》れた大地《だいち》だ。壁《かべ》も取《と》りはらわれており、見《み》わたすかぎり、はてしない荒野《こうや》が広《ひろ》がっていた。

「これは……？」

「こんなところで戦《たたか》うの……？」

カービィとワドルディがとまどっていると、ウォーキーが近《ちか》づいてきた。

「次《つぎ》のバトルは、超《ちょう》ド迫力《はくりょく》の**『ぽいぽいトレイン』**だ！　ルールを説明《せつめい》するぜ。まず、この線路《せんろ》に注目《ちゅうもく》してくれ！」

ウォーキーは飛《と》びはねて、足元《あしもと》を示《しめ》した。

なるほど、線路《せんろ》が敷《し》かれている。線路《せんろ》は長《なが》く長《なが》く伸《の》びており、どこまで続《つづ》いているのか見《み》えなかった。

「こいつは、このバトルのために作《つく》られた専用《せんよう》レールだぜ。ここを走《はし》るのは、特別編成《とくべつへんせい》のデデデトレイン！　そして、こちらにも注目《ちゅうもく》！」

ウォーキーは、場所《ばしょ》を移動《いどう》した。

そこには、緑色《みどりいろ》のきれいな石《いし》がいくつも転《ころ》がっていた。

「この鉱石《こうせき》をひろい集《あつ》めて、走《はし》ってくるデデデトレインのコンテナに投《な》げこむ！　たくさん投《な》げこんだチームの勝《か》ちだ」

「……え？　それだけ？」

カービィは、拍子《ひょうし》ぬけした。

これまでの戦《たたか》いとくらべて、ずいぶんラクそうなルールだ。石《いし》をひろって、コンテナに投《な》げこむだけ、なんて。

ウォーキーは笑《わら》った。

「油断《ゆだん》しちゃいけないぜ、ピンクのカービィ。かんたんなルールほど、奥《おく》が深《ふか》いってもんさ。それに、対戦相手《たいせんあいて》は強敵《きょうてき》だぜ！」

その声《こえ》にこたえるように、カービィたちの前《まえ》に、二人《ふたり》のコピーカービィがあらわれた。

からだの色《いろ》はまっしろ、カウボーイハットをかぶり、長《なが》いムチを手《て》にしたウィップカービィ。そして、茶色《ちゃいろ》のからだで、大《おお》きなハンマーをかまえたハンマーカービィだ。

「どっちも、強《つよ》そうだね……」

ワドルディが、ささやいた。カービィはうなずいた。

「とくに、ハンマーには気《き》をつけなくちゃ。あの攻撃《こうげき》を食《く》らったら、一発《いっぱつ》でダウンだよ」

「がんばろうね！」

二人《ふたり》はうなずき合《あ》い、前《まえ》に進《すす》み出《で》た。

ウォーキーは後《うし》ろに下《さ》がり、叫《さけ》んだ。

「バトルを始《はじ》めるぜ。どちらも準備《じゅんび》はいいな？　では、スタート！」

カービィはすばやく大地《だいち》をけり、目《め》の前《まえ》の鉱石《こうせき》に飛《と》びつこうとした。

けれど――カービィの目《め》の前《まえ》で、鉱石《こうせき》はフッと消《き》えた。

「……あ、あれ!?」

一つだけではない。大地《だいち》に転《ころ》がっていた鉱石《こうせき》が、次々《つぎつぎ》に消《き》えていく。

「どういうこと!?　どうして、鉱石《こうせき》が……！」

顔《かお》を上《あ》げたカービィは、少《すこ》しはなれた場所《ばしょ》に立《た》っているウィップカービィに気《き》づいた。

ウィップカービィは、右手《みぎて》ににぎったムチをふるい、遠《とお》くにある鉱石《こうせき》をかたっぱしから引《ひ》きよせている。

「あ……そうか！」

カービィは、自分《じぶん》がウィップをコピーした時《とき》のことを思《おも》い出《だ》した。

ウィップ能力《のうりょく》のムチは、遠《とお》くのアイテムに巻《ま》きついて引《ひ》きよせることができる。これまでに、数々《かずかず》の戦《たたか》いの中《なか》で、カービィ自身《じしん》が使《つか》いこなしてきたワザだ。

自分《じぶん》が使《つか》った時《とき》は、なんて便利《べんり》な能力《のうりょく》だと思《おも》ったけれど――敵《てき》にまわすと、やっかいだ。

「このままじゃ、まずいぞ。なんとかして、鉱石《こうせき》をうばわないと……！」

カービィもワドルディも全力《ぜんりょく》で鉱石《こうせき》に飛《と》びついたが、ウィップカービィのムチさばきにはかなわない。

取《と》れた……と思《おも》った瞬間《しゅんかん》、しなやかなムチに鉱石《こうせき》を横《よこ》取《ど》りされてしまう。ほとんどすべての鉱石《こうせき》を、ウィップカービィに一人占《ひとりじ》めされてしまった。

その時《とき》だ。ポオオオ……と、長《なが》い汽笛《きてき》をひびかせて、列車《れっしゃ》が走《はし》ってきた。

「来《き》たぞ！　デデデトレインだ！」

猛《もう》スピードで走《はし》る列車《れっしゃ》には、いくつものコンテナが連結《れんけつ》されている。

あのコンテナに、ウィップカービィがかかえる鉱石《こうせき》を投《な》げこまれたら、早《はや》くも大《おお》きな差《さ》をつけられてしまう。

「そうはさせないぞ！」

カービィは、ウィップカービィに飛《と》びつこうとした。

しかし、そこにハンマーカービィが立《た》ちはだかった。

「……………！」

ハンマーカービィは無言《むごん》でハンマーをふるった。

カービィはあわててガードしようとしたが、間《ま》に合《あ》わない。ハンマーの強烈《きょうれつ》な一撃《いちげき》をくらい、列車《れっしゃ》を飛《と》びこえて、線路《せんろ》の向《む》こう側《がわ》まではじき飛《と》ばされてしまった。

「わあああ！」

そのすきに、ウィップカービィは鉱石《こうせき》をぽいぽいとコンテナに投《な》げこんでいる。

ウォーキーが叫《さけ》んだ。

「おっと、いきなりウィップ&《アンド》ハンマー組《ぐみ》が大量《たいりょう》リードだ！」

カービィはふらふらしながら立《た》ち上《あ》がった。

目《め》の前《まえ》を、デデデトレインが通過《つうか》していく。

「待《ま》て――！」

列車《れっしゃ》の最後尾《さいこうび》に飛《と》びつこうとしたカービィを、ワドルディがあわてて止《と》めた。

「あぶないよ、カービィ！」

「だけど、このままじゃ、負《ま》けちゃう……！」

ウォーキーが言《い》った。

「列車《れっしゃ》を追《お》いかけたって、得点《とくてん》にはならないぜ。それより、次《つぎ》の勝負《しょうぶ》にかけるんだ。列車《れっしゃ》は次々《つぎつぎ》に走《はし》ってくるからな！」

「そうか……次《つぎ》の列車《れっしゃ》で、逆転《ぎゃくてん》するぞ！」

カービィとワドルディは、線路《せんろ》にそって全力《ぜんりょく》で走《はし》った。

次《つぎ》のエリアにも、鉱石《こうせき》がたくさん落《お》ちている。飛《と》びつこうとしたカービィに、ワドルディが言《い》った。

「鉱石《こうせき》を狙《ねら》うだけじゃ、さっきと同《おな》じだよ。ウィップカービィに、全部《ぜんぶ》持《も》っていかれちゃう。カービィは、ウィップカービィを食《く》いとめて！」

「う……うん……？」

「そのすきに、ぼくが鉱石《こうせき》を集《あつ》めるから！」

「わかった！」

カービィは鉱石《こうせき》から目《め》をそらせ、ウィップカービィの動《うご》きを追《お》った。

ウィップカービィは無表情《むひょうじょう》でムチをかまえ、鉱石《こうせき》を狙《ねら》っている。

「そうはさせないぞ！」

カービィは、剣《けん》を振《ふ》り上《あ》げて、ウィップカービィに切《き》りかかった。

ウィップカービィはすばやくジャンプし、攻撃《こうげき》をさける。

と同時《どうじ》に、目《め》にもとまらないスピードでムチを振《ふ》り回《まわ》した。

百れつウィップ！

まともに食《く》らったら、めった打《う》ちにされて気絶《きぜつ》してしまう。カービィはあわてて飛《と》びのいて、ムチをかわした。

ほんもののカービィと、コピーカービィ。スピードもパワーもまったく同《おな》じ二人《ふたり》が、めまぐるしく飛《と》び回《まわ》り、位置《いち》を入《い》れかえながら戦《たたか》い続《つづ》けた。

そのすきに、ワドルディは走《はし》り回《まわ》って鉱石《こうせき》を集《あつ》めている。

ハンマーカービィも鉱石《こうせき》をひろおうとするが、ワドルディのほうがすばしっこいので、追《お》いつけない。

そこへ――ポォオオオッと長《なが》い汽笛《きてき》が聞《き》こえてきた。

「また来《き》たぞ！　デデデトレインだ！」

ワドルディは両手《りょうて》いっぱいに鉱石《こうせき》をかかえ、走《はし》ってくる列車《れっしゃ》を待《ま》ちかまえた。

もう、地面《じめん》に落《お》ちている鉱石《こうせき》は一つもない。ハンマーカービィは重《おも》いハンマーをにぎって、一歩一歩《いっぽいっぽ》、ワドルディに近《ちか》づいてきた。

ワドルディを襲《おそ》って、鉱石《こうせき》をうばうつもりらしい。気《き》づいたワドルディは逃《に》げ出《だ》そうとしたが、かかえた鉱石《こうせき》の重《おも》さで、よろめいてしまった。

そこへ、ハンマーカービィの一撃《いちげき》！　**ジャイアントスイング！**

「わあああ！」

思《おも》いっきり打《う》たれたワドルディは、悲鳴《ひめい》を上《あ》げて、宙《ちゅう》を飛《と》んだ。

さいわい、鉱石《こうせき》が盾《たて》のかわりになって、ワドルディを守《まも》ってくれた。おかげで、気絶《きぜつ》はせずにすんだが、鉱石《こうせき》をかかえた腕《うで》はじーんとしびれた。

でも、ワドルディは痛《いた》みをこらえた。両腕《りょううで》にかかえた鉱石《こうせき》は、一つも落《お》とさない。

デデデトレインが、猛《もう》スピードで近《ちか》づいてくる。連結《れんけつ》されたコンテナが、いっせいにふたを開《ひら》いた。

ワドルディは、鉱石《こうせき》をしっかり抱《だ》きかかえたまま、コンテナの中《なか》に飛《と》びこんだ。

ウォーキーが叫《さけ》ぶ。

「ああっ、ワドルディが列車《れっしゃ》の中《なか》に！　早《はや》く降《お》りないと、荒野《こうや》のはてまで連《つ》れて行《い》かれちゃうぞ！」

ワドルディは、急《いそ》いでコンテナから飛《と》び出《だ》し、地面《じめん》に転《ころ》がった。

ふつうなら大《おお》けがをしてしまいそうだが、ワドルディはからだが軽《かる》い。ぽんぽんとはずんで、元気《げんき》よく立《た》ち上《あ》がった。

「ワドルディ、だいじょーぶ!?」

ウィップカービィと戦《たたか》いながら、カービィが叫《さけ》んだ。

ワドルディは、笑顔《えがお》で叫《さけ》び返《かえ》した。

「うん、平気《へいき》、平気《へいき》！　鉱石《こうせき》、全部《ぜんぶ》入《い》れられたよ！」

ウォーキーが、力《ちから》のこもった実況《じっきょう》を続《つづ》けた。

「今《いま》のポイントで、ピンクのカービィ＆《アンド》バンダナワドルディ組《ぐみ》が追《お》いついた！　勝負《しょうぶ》の行《ゆく》方《え》は、最終列車《さいしゅうれっしゃ》にかかっているぞ！」

カービィたち四人《にん》は、全速力《ぜんそくりょく》で次《つぎ》のエリアに走《はし》った。

ウィップカービィは、鉱石《こうせき》を引《ひ》きよせようとムチをふるう。カービィは、そうさせまいと剣《けん》を振《ふ》り回《まわ》し、妨害《ぼうがい》する。

その間《あいだ》に、ワドルディは鉱石《こうせき》をひろい、線《せん》路《ろ》の向《む》こう側《がわ》にぽいぽい投《な》げ始《はじ》めた。

ハンマーカービィの動《うご》きがおそいことを利用《りよう》して、手《て》の届《とど》かない場所《ばしょ》に鉱石《こうせき》を移動《いどう》させてしまう作戦《さくせん》だ。

ハンマーカービィはのしのしと線路《せんろ》をこえ、鉱石《こうせき》をひろおうとした。

しかし、ワドルディはすばやく線路《せんろ》を飛《と》びこして鉱石《こうせき》をひろい、また線路《せんろ》のこちら側《がわ》に投《な》げ返《かえ》した。

ハンマーカービィがこちら側《がわ》に戻《もど》ってくると、また鉱石《こうせき》を向《む》こう側《がわ》に放《ほう》り投《な》げる。

このくり返《かえ》しだ。ハンマーカービィはさすがにイラ立《だ》ちをみせ始《はじ》めた。

「ワドルディのぽいぽい作戦《さくせん》だ！　ウィップカービィは、ピンクのカービィとの戦《たたか》いで手《て》いっぱい！　さあ、どうする!?」

ウォーキーが叫《さけ》んだ瞬間《しゅんかん》、汽笛《きてき》が近《ちか》づいてきた。

「来《き》たぞぉ！　最終列車《さいしゅうれっしゃ》だ！　ここで勝負《しょうぶ》が決《き》まるぞ！」

ハンマーカービィは、ちょこまか走《はし》り回《まわ》るワドルディと、ぽいぽい投《な》げられる鉱石《こうせき》のせいで、頭《あたま》がクラクラしているようだった。

ハンマーカービィは、鉱石《こうせき》を追《お》って、よろよろと線路《せんろ》をこえた。

ワドルディは、すべての鉱石《こうせき》を急《いそ》いで線路《せんろ》のこちら側《がわ》に投《な》げ返《かえ》し、自分《じぶん》も駆《か》け戻《もど》ってきた。

そこへ、デデデトレインが通過《つうか》！

「なんということだ、ハンマーカービィは線路《せんろ》の向《む》こう側《がわ》に取《と》り残《のこ》されちゃったぞ！」

連結《れんけつ》されたコンテナが、いっせいにふたを開《ひら》く。

「今《いま》だ！」

ワドルディは、鉱石《こうせき》をかたっぱしから投《な》げ入《い》れた。

ウィップカービィはピンクのカービィと戦《たたか》っているし、ハンマーカービィは線路《せんろ》の向《む》こう側《がわ》で立《た》ち往生《おうじょう》。

だれにも邪魔《じゃま》されず、すべての鉱石《こうせき》をコンテナに投《な》げ入《い》れることができた。

ウォーキーが大声《おおごえ》で叫《さけ》んだ。

「決《き》まったぁ！　ピンクのカービィ&バンダナワドルディ組《ぐみ》の、みごとな連《れん》けいプレイ！

次《つぎ》の戦《たたか》いに進出決定《しんしゅつけってい》だ〜！」

――と、その時《とき》だった。

だれもが予想《よそう》しなかったことが起《お》きた。

敗《やぶ》れたウィップカービィが、列車《れっしゃ》に向《む》かって走《はし》り出《だ》し、開《ひら》いているコンテナに飛《と》び乗《の》ったのだ。

いつのまにか、ハンマーカービィもコンテナに飛《と》びつき、しっかりしがみついている。

ウォーキーの声《こえ》が、ひっくり返《かえ》った。

「あ、あ、あれ？　何《なに》をやってるんだ？　ウィップカービィ、ハンマーカービィ、列車《れっしゃ》から降《お》りろ！　さもないと、荒野《こうや》のはてに連《つ》れて行《い》かれちゃうぞ！」

しかし、二人《ふたり》のコピーカービィは耳《みみ》を貸《か》さなかった。

猛《もう》スピードで列車《れっしゃ》は走《はし》っていく。二人《ふたり》のコピーカービィを乗《の》せたまま。

カービィとワドルディは目《め》をまるくして、遠《とお》ざかっていく列車《れっしゃ》を見送《みおく》った。

「ど……どうしたんだろう？」

「もしかして……」

ワドルディが言《い》った。

「バトルに負《ま》けたから、逃《に》げたのかな？」

「逃《に》げた？　どうして？」

「デデデ大王様《だいおうさま》や、発明家《はつめいか》のトロンさんに怒《おこ》られるのが怖《こわ》くて……」

「そんな……そんなの、イヤだよ」

カービィは、残念《ざんねん》がった。

「怒《おこ》られるのが怖《こわ》くて逃《に》げるなんて、かっこわるい。ぼくのコピーなのに、そんなかっこわるいのはイヤだよ！」

「そうだね……何《なに》か、わけがあるのかもね」

カービィは、ウォーキーにたずねた。

「この線路《せんろ》は、どこまで続《つづ》いてるの？」

「え？　いや、知《し》らないよ。ものすごく遠《とお》くまでだ」

「どこ？」

「知《し》らないってば。デデデ大王《だいおう》が、『できるかぎり長《なが》い線路《せんろ》を作《つく》れ！』って命令《めいれい》したらしいからな。たぶん、プププランドの、はてのはてまで続《つづ》いてるぜ」

「はてのはて……かあ……」

ププランドは、とっても広《ひろ》い。はてのはてがどうなっているのか、カービィにもわからなかった。

「だいじょーぶかなぁ、ウィップカービィとハンマーカービィ……」

「そのうち、おなかがすいたら帰《かえ》ってくるんじゃない？　だって、二人《ふたり》ともカービィそっくりなんだもの」

ワドルディが笑《わら》った。

カービィも、つい、笑《わら》ってしまった。

「そーだよね。心配《しんぱい》いらないね！」

あぜんとしていたウォーキーも、二人《ふたり》の言葉《ことば》を聞《き》いて、気《き》を取《と》り直《なお》した。

「とにかく、このバトルはピンクのカービィ&《アンド》バンダナワドルディ組《ぐみ》の勝《か》ちだ。次《つぎ》のバトルに進出決定《しんしゅつけってい》〜！」

「おー！」

カービィとワドルディは声《こえ》をそろえ、元気《げんき》よく片手《かたて》をつき上《あ》げた。

6 激戦《げきせん》！ フラッグシュート!!

デデデ大王《だいおう》の顔《かお》は、怒《いか》りにそまっていた。

トロンはちぢこまって、頭《あたま》をかかえている。

「ま、た、し、て、も！　またしても負《ま》けたぞ！　どうなっているのだ、コピーカービィ軍団《ぐんだん》は！」

「お、おかしいですねえ。どうやら調子《ちょうし》が悪《わる》いようで……」

「調子《ちょうし》が悪《わる》いですむか――！　しかも、ウィップカービィとハンマーカービィめ、こともあろうに、デデデトレインに飛《と》び乗《の》って逃《に》げてしまったぞ！　すぐに連《つ》れ戻《もど》して、おきゅうをすえてやらなければ！」

「ま、まったく。信《しん》じられないことで……」

「きさまはアテにならん！　こんな大会《たいかい》はとりやめだ、とりやめー！」

デデデ大王《だいおう》は怒《いか》りくるい、手足《てあし》をばたつかせた。

トロンはやっと、顔《かお》を上《あ》げた。

「それはいけません。このデデデグランプリは、デデデ陛下《へいか》のお名前《なまえ》を冠《かん》した偉大《いだい》な大会《たいかい》。

とちゅうでやめたりしたら、デデデ陛下《へいか》のお名前《なまえ》にキズがつきます」

「むぅ……しゃくにさわるわい！」

デデデ大王《だいおう》は、ふくれっつらで、イスにふんぞり返《かえ》った。

そこへ、ワドルディが――バンダナワドルディではない、コピーのワドルディが近《ちか》づいてきた。

「大王様《だいおうさま》。カービィ&《アンド》ワドルディ組《ぐみ》の、次《つぎ》の対戦相手《たいせんあいて》が決《き》まったのですが……」

「フン！　どうせ、また、役《やく》に立《た》たんコピーカービィ組《ぐみ》だろう。期待《きたい》できんわい！」

「いえ、それが。次《つぎ》の対戦相手《たいせんあいて》は――」

カービィとワドルディは、闘技場《とうぎじょう》の受付《うけつけ》の前《まえ》で、興奮《こうふん》して話《はな》し合《あ》っていた。

「すごい、すごい！　ぼくら、きっと優勝《ゆうしょう》できるよ！」

「でも……」

ワドルディは、キッと表情《ひょうじょう》を引《ひ》きしめた。

「敵《てき》はどんどん強《つよ》くなってる。次《つぎ》のバトルも、きっと強敵《きょうてき》にちがいないよ」

「だいじょーぶ！　どんなコピーカービィが来《き》たって、ぼくとワドルディが力《ちから》を合《あ》わせたら、ぜったいに負《ま》けないから！」

カービィが、張《は》りきって剣《けん》をかざした時《とき》だった。

「――あいにくだが、次《つぎ》の対戦相手《たいせんあいて》はコピーカービィではなく私《わたし》だ」

背後《はいご》で、声《こえ》がした。

カービィとワドルディは、振《ふ》り返《かえ》った。

「……あ！」

「メタナイト様《さま》!?」

二人《ふたり》とも、ひっくり返《かえ》りそうなほど、おどろいた。

大広間《おおひろま》に入《はい》ってきたのは、銀河《ぎんが》に名《な》だたる剣士《けんし》メタナイトだった。背後《はいご》には、ブレイドナイトやメタナイツら、部下《ぶか》たちがかしこまっている。

　カービィが叫《さけ》んだ。

「メタナイトも、デデグランプリに参加《さんか》してるの!?」

「うむ。ここまでの戦《たたか》いは、問題《もんだい》なく勝《か》ち抜《ぬ》いてきた。次《つぎ》のバトルで、君《きみ》たち二人《ふたり》と対戦《たいせん》することになったようだ」

「そうか！　メタナイトも、デラックス山《やま》もりケーキが食《た》べたいんだね！」

　カービィは、目《め》をかがやかせた。

「メタナイトが、そんなにケーキが好《す》きなんて知《し》らなかったよ。でも、ぜったいに負《ま》けないぞ。デラックス山《やま》もりケーキは、ぼくとワドルディがいただくよ！」

「……ケーキにつられたわけではない。私《わたし》は、自分自身《じぶんじしん》の力《ちから》を高《たか》めるためにこの大会《たいかい》に来《き》たのだ」

メタナイトは固《かた》い口調《くちょう》で言《い》った。

「デデデ大王《だいおう》が武道大会《ぶどうたいかい》を開催《かいさい》すると聞《き》き、情報《じょうほう》を集《あつ》めようと、部下《ぶか》のソードナイトをププランドにむかわせたのだが」

メタナイトは、フッと顔《かお》をそらせた。

「なかなか帰《かえ》ってこないのだ。あのソードナイトにかぎって、より道《みち》をするようなことはないと思《おも》うのだが」

「ふーん？　どうしたのかな」

カービィは、ソードナイトを吸《す》いこんだことをすっかりわすれている。

ワドルディだけが、気《き》まずそうな顔《かお》になった。

「あ……あの……メタナイト様《さま》……」

「もしや、何《なに》かトラブルに巻《ま》きこまれたのだろうか」

「ま、巻《ま》きこまれたっていうか……吸《す》いこまれたっていうか……あの……」

「む？　なんだ、ワドルディ。何《なに》か知《し》っているのか？」

「え……えっと……あ、あの……」

「まあ、いい。とにかく、ソードナイトが戻《もど》ってこないので、しびれを切《き》らしてこのバトルキャッスルに乗《の》りこんだというわけだ。だが、ここまでの戦《たたか》いは私《わたし》には物《もの》たりなかった。相手《あいて》が、にせものごときではな」

メタナイトは、いつになく気迫《きはく》をみなぎらせて、カービィを見《み》た。

「私《わたし》の願《ねが》いはただ一つ。ほんものの強《つよ》さを見《み》せてくれ、カービィ」

メタナイトはくるりと背《せ》を向《む》け、部下《ぶか》たちとともに歩《あゆ》み去《さ》った。

カービィは言《い》った。

「かっこいいなあ、メタナイトは」

ワドルディが心配《しんぱい》そうに言《い》った。

「のんきに感心《かんしん》してる場合《ばあい》じゃないよ。まさか、メタナイト様《さま》と戦《たたか》うことになるなんて。

ぼくたち、勝《か》てるかなあ……」

「だいじょーぶ、だいじょーぶ！　ぼくとワドルディのチームは、無敵《むてき》だよ！」

カービィは、ここまでの順調《じゅんちょう》な連勝《れんしょう》で、すっかり気《き》が大《おお》きくなっている。自信《じしん》たっぷりに、言《い》いきった。


観客席《かんきゃくせき》は、押《お》し合《あ》いへし合《あ》いになるくらいの、超満員《ちょうまんいん》。

ウォーキーの声《こえ》が、闘技場《とうぎじょう》にひびいた。

「ますます盛《も》り上《あ》がってきたぜ！　次《つぎ》のバトルは、ぜったい見《み》のがせない対決《たいけつ》だ！　どちらのチームも優勝候補《ゆうしょうこうほ》！　ピンクのカービィ＆バンダナワドルディ組《ぐみ》対《たい》メタナイト＆アックスナイト組《ぐみ》！」

満員《まんいん》の観客席《かんきゃくせき》から、どぉぉおっと、あらしのような拍手《はくしゅ》と歓声《かんせい》がわき起《お》こった。

「ついに、夢《ゆめ》の対決《たいけつ》ッスよ！」

「どっちが勝《か》つだろう!?　やっぱり、銀河《ぎんが》じゅうにその名《な》をとどろかせる最高《さいこう》の剣士《けんし》、メタナイト組《ぐみ》かな!?」

「いやいや、カービィたちだって、あなどれないぜ。足《あし》を引《ひ》っぱると思《おも》われていたワドルディが、なかなかがんばってるしな」

「とにかく、楽《たの》しみな対決《たいけつ》だぜ！　ワクワクしてきたぞ～！」

観客《かんきゃく》たちの熱《ねつ》のこもったおしゃべりを、ウォーキーの声《こえ》がさえぎった。

「みんな、静《しず》かに！　ルールを発表《はっぴょう》するぜ。この対決《たいけつ》は、『**フラッグシュート**』で行《おこな》う！　ボールをうばって、自分《じぶん》のチームの旗《はた》に当《あ》てれば得点《とくてん》が入《はい》るんだ。青《あお》の旗《はた》はカービィ組《ぐみ》、赤《あか》の旗《はた》はメタナイト組《ぐみ》だ。スピードとコントロールとチームワークがたいせつな競技《きょうぎ》……だ……ぜ……」

ウォーキーの声《こえ》は、だんだん小《ちい》さくなってしまった。

なぜならば、メタナイトの闘志《とうし》があまりにはげしすぎるからだ。

メタナイトは、宝剣《ほうけん》ギャラクシアに手《て》をかけ、呼吸《こきゅう》をととのえている。だれも話《はな》しかけられないほどの殺気《さっき》が、全身《ぜんしん》にみなぎっていた。

ウォーキーは、あたふたしながら言《い》った。

「相手《あいて》を攻撃《こうげき》することはみとめられてるけど、それだけじゃ得点《とくてん》にならないぜ。ボールを投《な》げて、旗《はた》にぶつけないと……」

「――私《わたし》は、玉投《たまな》げなどに興味《きょうみ》はない」

メタナイトは、仮面《かめん》の奥《おく》にひめられた目《め》で、カービィをにらみつけながら言《い》った。

「ほんとうの強《つよ》さを見《み》せてくれ、カービィ！」

カービィは、たじたじとなりながら言《い》い返《かえ》した。

「え……えっと……う、うん。ぼくたち、負《ま》けないよ」

「この時《とき》を待《ま》っていたぞ。ほんもののカービィ！」

メタナイトの闘志《とうし》は、ますますはげしくなるばかり。

タッグを組《く》んでいるアックスナイトが、小声《こごえ》で言《い》った。

「とにかく、いい戦《たたか》いをしようぜ、カービィとワドルディ」

「う、うん……」

ウォーキーが告《つ》げた。

「では、バトルを始《はじ》めるぜ。両《りょう》チーム、用意《ようい》はいいな？　では……スタート！」

合図《あいず》と同時《どうじ》に、闘技場《とうぎじょう》のまんなかにボールが投《な》げ入《い》れられた。

「えいやっ！」

まず、ボールに飛《と》びついたのはカービィだった。

観客席《かんきゃくせき》が、わき返《かえ》る。

「やっぱりカービィだ！」

「いや、ボールを取《と》っただけじゃ、わからないぞ。シュートを決《き》めなきゃ！」

カービィはボールを持《も》ち上《あ》げて、青《あお》い旗《はた》めがけて走《はし》った。

しかし、その前《まえ》に。

「カービィ、勝負《しょうぶ》だ！」

メタナイトがひらりと舞《ま》い下《お》り、宝剣《ほうけん》ギャラクシアを抜《ぬ》いた。

カービィは向《む》きを変《か》えようとしたが、メタナイトは回《まわ》りこんで剣《けん》を振《ふ》りかざした。

「かかって来《こ》い、カービィ！」

「え……えっと……うん、そこをどいてよ、メタナイト。ぼく、このボールを青《あお》い旗《はた》にぶつけないと……」

「玉投《たまな》げなどどうでもいい！　私《わたし》と戦《たたか》え！」

メタナイトは、すさまじいスピードで切《き》りかかってきた。

「うわあっ」

カービィはおどろいてひっくり返《かえ》り、ボールを落《お》としてしまった。

「いただき！」

すかさず、アックスナイトがボールをうばい、駆《か》け出《だ》した。自分《じぶん》たちのチームの、赤《あか》い旗《はた》のほうへ。

観客席《かんきゃくせき》の最前列《さいぜんれつ》に座《すわ》っているメタナイツやブレイドナイト、バル艦長《かんちょう》らが、手《て》をたたいて歓声《かんせい》を上《あ》げた。

「いいぞ、アックスナイト！」

「行《い》け、行《い》け～！」

「メタナイツの力《ちから》を見《み》せつけてやるだス！」

アックスナイトは全力《ぜんりょく》で走《はし》り、赤《あか》い旗《はた》めがけてシュートを放《はな》った。

しかし、一瞬早《いっしゅんはや》く、ワドルディが赤《あか》い旗《はた》に飛《と》びついていた。

「おおっと、旗《はた》が倒《たお》れた！　ボールはそれて、転《ころ》がっていく！　ワドルディのナイス・プレイだ！」

ワドルディは、こぼれたボールをかかえ上《あ》げ、駆《か》け出《だ》した。

しかし、その背後《はいご》にアックスナイトがせまる！

「ボールをよこせ、ワドルディめ！」

「い、いやだよ。わああ、助《たす》けて！」

ワドルディの悲鳴《ひめい》が、カービィにとどいた。

カービィは、メタナイトの攻撃《こうげき》をかわして叫《さけ》んだ。

「ボールをちょうだい、ワドルディ！」

「うん！」

ワドルディからカービィへ、ロングパス！

しかし、そこにメタナイトが襲《おそ》いかかった。

「戦《たたか》え、カービィ！」

メタナイトは、飛《と》んでくるボールを、邪魔《じゃま》だとばかりに宝剣《ほうけん》ギャラクシアでなぎはらった。

ボールはギャラクシアの剣身《けんしん》に当《あ》たってはじき返《かえ》され、赤《あか》い旗《はた》を直撃《ちょくげき》した。

ウォーキーが叫《さけ》ぶ。

「入《はい》った～！　メタナイトのナイスシュートだ！　本人《ほんにん》は、シュートしたつもりじゃないみたいだけど！」

観客席《かんきゃくせき》のメタナイツたちは、大《おお》よろこび。

「さすがだス、メタナイト様《さま》！」

「旗《はた》なんて、見《み》てもいないのに、シュートを決《き》めたぞ！」

ワドルディが、すばやくボールをひろい、青《あお》い旗《はた》めがけて駆《か》け出《だ》した。

メタナイトは、ひらりと飛《と》んで、突進《とっしん》してくるワドルディをかわした。

アックスナイトが絶叫《ぜっきょう》する。

「わあ、なんで、よけるんですか！　ワドルディを止《と》めてください、メタナイト様《さま》！」

「私《わたし》と戦《たたか》え、カービィ！」

メタナイトは、カービィしか見《み》ていない。

観客席《かんきゃくせき》のバル艦長《かんちょう》が叫《さけ》んだ。

「アックスナイトよ、メタナイト様《さま》をあてにするな！　おまえ一人《ひとり》で戦《たたか》ってると思《おも》え！」

「そ、そんな〜！」

そのすきに、ワドルディは青《あお》い旗《はた》まで一気《いっき》に駆《か》けぬけ、シュート！

「おお、決《き》まった！　これで同点《どうてん》だぜ〜！」

いっぽう、メタナイトとカービィは――広《ひろ》い闘技場《とうぎじょう》を、右《みぎ》へ左《ひだり》へ、駆《か》け回《まわ》っていた。

「逃《に》げるな、カービィ！　私《わたし》と勝負《しょうぶ》しろ！」

「逃《に》げてるんじゃなくて、ボールを追《お》いかけてるんだよー！　メタナイトも、ちゃんとゲームに参加《さんか》してよ！」

「私《わたし》は玉投《たまな》げをしに来《き》たのではない！」

カービィがボールを追《お》おうとしても、メタナイトにはばまれて、思《おも》うように走《はし》れない。

「もーお！　じゃましないでよ、メタナイト！」

「じゃまではない。私《わたし》は、ほんとうの戦《たたか》いをしたいだけだ！」

「ぼくは、デラックス山《やま》もりケーキが食《た》べたいだけだよ！」

何度《なんど》も何度《なんど》も邪魔《じゃま》をされて、ついに、カービィの怒《いか》りに火《ひ》がついた。

「どうしても、ぼくにケーキを食《た》べさせないつもりなら、ぼくだって本気《ほんき》を出《だ》すよ！」

カービィは剣《けん》を振《ふ》りかざし、メタナイトに切《き》りかかっていった。

メタナイトは宝剣《ほうけん》ギャラクシアで攻撃《こうげき》を受《う》け止《と》め、声《こえ》を上《あ》げた。

「やっと、やる気《き》になったようだな！」

「戦《たたか》うぞ！　デラックス山《やま》もりケーキのために！」

ウォーキーが実況《じっきょう》した。

「なんと、カービィも戦《たたか》う気《き》になっちゃったようだ！　あの二人《ふたり》はほっといて、バンダナワドルディとアックスナイトの一騎打《いっきう》ちに注目《ちゅうもく》だぜ！」

熱戦《ねっせん》が続《つづ》いた。パワーはアックスナイトの圧勝《あっしょう》だが、すばやさではワドルディも負《ま》けていない。

どちらかが点《てん》を入《い》れれば、すかさず相手《あいて》が取《と》り返《かえ》す。

点差《てんさ》がつかないまま、試合《しあい》はどんどん進《すす》んでいった。

「いよいよクライマックス！　次《つぎ》のシュートが決勝点《けっしょうてん》だぞ！　勝《か》つのはどちらだ!?」

客席《きゃくせき》の大歓声《だいかんせい》を受《う》けて、ワドルディとアックスナイトはボールをうばい合《あ》った。

そして、メタナイトとカービィも、決着《けっちゃく》のつかない勝負《しょうぶ》を続《つづ》けていた。強《つよ》さを追《お》い求《もと》めるメタナイトと、ケーキを追《お》い求《もと》めるカービィ。どちらも、気迫《きはく》は十分《じゅうぶん》。

「えーい！　**ドリルソード！**」

カービィが、強烈《きょうれつ》な一撃《いちげき》を放《はな》った。

「うっ！」

メタナイトは手《て》にケガを負《お》い、よろめいた。

カービィは、とどめの体勢《たいせい》に入《はい》った。

「デラックス山《やま》もりケーキはわたさない！　かくごしろ、メタナイト！」

必殺《ひっさつ》の一撃《いちげき》が決《き》まりそうになった瞬間《しゅんかん》——。

カービィの目《め》の前《まえ》に、ころころとボールが転《ころ》がってきた。

カービィはハッとした。やっと、フラッグシュートのルールを思《おも》い出《だ》したのだ。

「そうだ、戦《たたか》ってる場合《ばあい》じゃなかった。このボールを旗《はた》に当《あ》てれば、ぼくたちの勝《か》ちなんだ！」

カービィは、ボールに飛《と》びついた。

メタナイトは体勢《たいせい》を立《た》て直《なお》し、宝剣《ほうけん》ギャラクシアをにぎりしめた。

カービィはメタナイトをさけて、青《あお》い旗《はた》に向《む》かって駆《か》けだした。

「む？　カービィ、私《わたし》に背《せ》を向《む》けるな！」

メタナイトは、高速《こうそく》で回転《かいてん》しながらカービィを追《お》った。

観客席《かんきゃくせき》のバル艦長《かんちょう》が叫《さけ》んだ。

「出《で》たぞ、**スピニングナイト！**　高速回転《こうそくかいてん》で敵《てき》に襲《おそ》いかかる大《おお》ワザだ！　あれを食《く》らって、立《た》っていられた者《もの》は、いまだかつて一人《ひとり》もおらん！」

カービィはけんめいに走《はし》ったが、高速《こうそく》で回転《かいてん》するメタナイトのスピードには勝《か》てない。

背後《はいご》から思《おも》いっきりアタックされ、ふっ飛《と》ばされてしまった。

「わぁあああああ！」

長《なが》い長《なが》い悲鳴《ひめい》を上《あ》げながら、カービィは空中《くうちゅう》を飛《と》んだ。

観客席《かんきゃくせき》がどよめく。

「うわっ、ついにカービィがやられた！」

「いくらカービィでも、もう戦《たたか》えまい！」

「やはりメタナイトは強《つよ》かった……！」

「いや、待《ま》て！」

気《き》づいた観客《かんきゃく》の一人《ひとり》が、叫《さけ》んだ。

「ワドルディが、旗《はた》を持《も》って走《はし》っていくぞ！　そこに、カービィが落《お》ちてくる！」

「な、なんだと！」

ワドルディは、カービィの落下地点《らっかちてん》に、青《あお》い旗《はた》をにぎりしめてスライディング！

カービィはボールをしっかり抱《だ》きしめたまま、ワドルディの上《うえ》に墜落《ついらく》した。

ウォーキーが絶叫《ぜっきょう》した。

「決《き》まったぁ〜！　ピンクのカービィ&《アンド》バンダナワドルディ組《ぐみ》、みごとな勝利《しょうり》だ！」

「うおお！　おめでとう、カービィ、ワドルディ！」

観客席《かんきゃくせき》は大《おお》さわぎ。

しーんとしているのは、メタナイトの部下《ぶか》たちだけだった。

「負《ま》けた……だと？　まさか、メタナイト様《さま》が……」

ブレイドナイトが、力《ちから》なくつぶやいた。

ジャベリンナイトが言《い》った。

「メタナイト様《さま》は、あまりにも強《つよ》すぎたんだ。ほら、見《み》ろよ。カービィもワドルディも、のびちゃってるぜ」

バル艦長《かんちょう》が、うなだれて言《い》った。

「戦《たたか》いに勝《か》って、試合《しあい》に負《ま》けたのだ。強《つよ》さを求《もと》めすぎるメタナイト様《さま》の性格《せいかく》がわざわいしたな……」

しかし、当《とう》のメタナイトは、敗戦《はいせん》のくやしさなんて少《すこ》しも感《かん》じていないようだった。

もちろん、仮面《かめん》をかぶっているので表情《ひょうじょう》はわからないが、カービィたちに歩《あゆ》みよる態度《たいど》は、いつもと同《おな》じように堂々《どうどう》としていた。

メタナイトは、倒《たお》れているカービィに手《て》を差《さ》しのべた。

「やはり、ほんものは、コピーごときとは手《て》ごたえがちがった。久々《ひさびさ》に熱《あつ》い戦《たたか》いだったぞ。礼《れい》を言《い》う、カービィ」

「……気絶《きぜつ》してますよ」

アックスナイトがささやいたが、メタナイトは晴《は》れ晴《ば》れと続《つづ》けた。

「負《ま》けはしたが、私《わたし》は満足《まんぞく》だ。君《きみ》たちの活躍《かつやく》を、観客席《かんきゃくせき》で見《み》とどけることにしよう。健闘《けんとう》を祈《いの》る。さらばだ」

メタナイトは、目《め》を回《まわ》しているカービィとワドルディに背《せ》を向《む》け、興奮《こうふん》さめやらぬ闘技《とうぎ》場《じょう》を後《あと》にした。

7 一対一《いちたいいち》の真剣勝負《しんけんしょうぶ》

特別《とくべつ》ルームは、闘技場《とうぎじょう》の熱気《ねっき》とは正反対《せいはんたい》に、静《しず》まり返《かえ》っていた。

玉座《ぎょくざ》に腰《こし》かけているのは、デデデ大王《だいおう》。

大王《だいおう》がだまりこんでいるのは、もちろん、落《お》ちついているせいではない。言葉《ことば》が出《で》てこないほど、怒《いか》りくるっているからだった。

ひじかけに置《お》いた手《て》をプルプルさせながら、大王《だいおう》はようやく口《くち》を開《ひら》いた。

「――メタナイトまで負《ま》けた、だと？」

「そ……そ……そのようですな」

発明家《はつめいか》トロンが、びくびくしながら答《こた》えた。

「やはり……やはり、メタナイトなどあてにならん！」

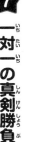

「あ、あてになりませんな、まったく。カービィを倒《たお》せるのは、やっぱりコピーカービィしかおりません。もっと、じゃんじゃん、カービィを量産《りょうさん》するのです。ほれ、ワドルディちゃん、はたらけ、はたらけ」

トロンにせっつかれて、コピーのワドルディは、カービィプリンターのハンドルをいっしょうけんめいに回《まわ》した。

「そりゃ！　そりゃ！　そりゃ！」

プリンターがガタガタと音《おと》を立《た》て、またあらたなコピーカービィが転《ころ》がり出《で》てきた。

デデデ大王《だいおう》は、立《た》ち上《あ》がった。

トロンが、ひきつった笑顔《えがお》で言《い》った。

「こ、コピーカービィだけではありませんぞ。こんなこともあろうかと、ワタクシ、まだ役《やく》に立《た》つ発明品《はつめいひん》をご用意《ようい》して……」

「どけ！」

デデデ大王《だいおう》は、トロンをどなりつけた。

トロンは、あわてて壁《かべ》ぎわまで逃《に》げていった。

「やはり、オレ様《さま》しかいないということか」

大王《だいおう》はつぶやき、愛用《あいよう》のハンマーを手《て》にして部屋《へや》を出《で》ていった。


カービィとワドルディは、医務室《いむしつ》のベッドで目《め》をさました。

「あ、気《き》がついたでありますか」

二人《ふたり》に付《つ》きそっているのは、ワドルドゥだった。

カービィは、横《よこ》たわったまま言《い》った。

「……ワドルドゥ……？　ここは……？」

「二人《ふたり》は、メタナイトさんたちとの戦《たたか》いで、気《き》を失《うしな》っちゃったであります。それで、このベッドに運《はこ》んだでありますよ」

「メタナイト……あ……！」

カービィは思《おも》い出《だ》して、起《お》き上《あ》がった。となりのベッドで、ワドルディもからだを起《お》こした。

「試合《しあい》は!?　どうなったの!?」

「お二人《ふたり》の勝利《しょうり》でありますよ。おめでとうであります」

「……ほんと!? ぼくたち、勝《か》ったの!?」

カービィとワドルディは、ベッドから飛《と》び下《お》りた。

「やったぁ！」

「信《しん》じられない。あのメタナイト様《さま》に勝《か》ったなんて！ ありがとう、カービィのおかげだよ！」

「ううん、ワドルディと力《ちから》を合《あ》わせたからだよ」

二人《ふたり》は手《て》を取《と》って、よろこんだ。

ワドルディが、はっと気《き》づいて言《い》った。

「ワドルドゥ、ずっと、ぼくらに付《つ》きそってくれてたの？ 受付《うけつけ》のお仕事《しごと》、だいじょうぶ？」

これを聞《き》いて、ワドルドゥは大《おお》きな一《ひと》つ目《め》を細《ほそ》めた。

「何《なに》を言《い》ってるでありますか。お二人《ふたり》が目《め》ざめるまで、大会《たいかい》は中断《ちゅうだん》であります」

「え？」

「だって、残《のこ》っているのはあと一試合《しあい》だけでありますから。次《つぎ》はいよいよ、優勝決定戦《ゆうしょうけっていせん》であります」

「……優勝《ゆうしょう》……決定戦《けっていせん》……？」

カービィは飛《と》び上《あ》がった。

「じゃ、次《つぎ》の試合《しあい》に勝《か》てば、デラックス山《やま》もりケーキが食《た》べられるっていうこと!?」

「そういうことであります」

「こうしちゃいられない！　早《はや》く、早《はや》く闘技場《とうぎじょう》へ行《い》こう〜！」

カービィは、たった今《いま》まで気《き》を失《うしな》っていたのがウソのように、元気《げんき》に飛《と》びはねた。

受付《うけつけ》の前《まえ》で、カービィとワドルディは興奮《こうふん》して話《はな》し合《あ》った。

「次《つぎ》の試合《しあい》に勝《か》てば、デラックス山《やま》もりケーキをおなかいっぱい食《た》べられるんだ。楽《たの》しみだなあ！」

「ぜったいに勝《か》とうね、カービィ。だけど……」

「だけど？」

「次《つぎ》の試合《しあい》の相手《あいて》って、どんなやつかなあ？」

ワドルディは、心配《しんぱい》そうな顔《かお》になった。

「ここまで勝《か》ち進《すす》んできたってことは、ものすごく強《つよ》いチームにちがいないよ……気《き》になるなあ」

「だいじょーぶ、だいじょーぶ。ぼくら、あのメタナイト組《ぐみ》をやっつけたんだよ。どんな相手《あいて》だって、へっちゃらだよ！」

カービィが明《あか》るく叫《さけ》んだ時《とき》だった。

「……そううまくいくかな？」

重々《おもおも》しい声《こえ》が、広間《ひろま》にひびいた。

いつのまに特別《とくべつ》ルームから出《で》てきたのか——デデデ大王《だいおう》が、ハンマーを片手《かたて》に、二人《ふたり》をにらみつけていた。

カービィとワドルディは、おどろいた。

「え……デデデ大王《だいおう》？」

「おまえたち、調子《ちょうし》に乗《の》るのも、ここまでだ」

デデデ大王《だいおう》は、手《て》にしたハンマーを荒々《あらあら》しく振《ふ》った。

「よろこべ。オレ様《さま》がじきじきに相手《あいて》をしてやる」

ワドルディは、たじろいだ。

「えっ、もしかして……」

デデデ大王《だいおう》は、ふんぞり返《かえ》って笑《わら》った。

「オレ様《さま》が、優勝決定戦《ゆうしょうけっていせん》の相手《あいて》だ！」

「大王様《だいおうさま》が……相手《あいて》……」

ワドルディは、クラッとよろめいた。

「だ、だめだ……勝《か》てるわけない……！」

カービィは、ワドルディをはげました。

「だいじょーぶだよ！　デデデ大王《だいおう》なんか、ちっとも怖《こわ》くない。ぼくら、ぜったいに優勝《ゆうしょう》して、デラックス山《やま》もりケーキを食《た》べるんだ！」

「おまえには、ケーキはぜったいにわたさん！」

カービィとデデデ大王《だいおう》は、にらみ合《あ》った。

受付《うけつけ》のカウンターにいるワドルドゥが、おそるおそる声《こえ》をかけた。

「あ、あ、あの……デデデ大王様《だいおうさま》は、チームの登録《とうろく》がないでありますが……」

「あたりまえだ。オレ様《さま》はこの大会《たいかい》の主催者《しゅさいしゃ》なんだぞ。いちいち登録《とうろく》なんかするか」

「では、だれとチームを組《く》むでありますか」

「チームなんて、必要《ひつよう》ないわい。オレ様《さま》は一人《ひとり》で戦《たたか》う」

「えっ。で、でも、カービィたちはチームでありますから……」

「二対一《たい》でかまわんぞ。おまえらなんか、何人《なんにん》たばになろうと、オレ様《さま》のじまんのハンマーでたたきつぶしてやる！」

デデデ大王《だいおう》は、めらめらと闘志《とうし》を燃《も》やしている。そのはげしさは、あのメタナイトにも負《ま》けないほど。

カービィは言《い》った。

「二対《たい》一なんて、いやだよ。ぼくが戦《たたか》う。一対《たい》一の勝負《しょうぶ》だ！」

「ふん。好《す》きにしろ」

デデデ大王《だいおう》はハンマーをかつぎ上《あ》げて、闘技場《とうぎじょう》へと向《む》かっていった。

「カービィ……」

ワドルディが、心細《こころぼそ》そうな声《こえ》を上《あ》げた。

「一人《ひとり》でだいじょうぶ？　ぼく、応援《おうえん》しかできないけど……」

「ワドルディが応援《おうえん》してくれたら、元気百倍《げんきひゃくばい》だよ！　ぼく、ワドルディのぶんまでがんばるよ。ぜったい、二人《ふたり》でデラックス山《やま》もりケーキを食《た》べようね」

「うん！　がんばって、カービィ」

ワドルディは、カービィの手《て》をぎゅっとにぎった。

カービィは大《おお》きくうなずき、デデデ大王《だいおう》の後《あと》を追《お》って、闘技場《とうぎじょう》へと走《はし》った。

「たった今飛《いまと》びこんできたビッグニュースだ！　優勝決定戦《ゆうしょうけっていせん》に、なんとデデデ大王《だいおう》が参戦《さんせん》！　最後《さいご》の試合《しあい》は、デデデ大王対《だいおうたい》カービィ、一対《たい》一の勝負《しょうぶ》だぜ！」

ウォーキーのアナウンスがひびきわたると、観客席《かんきゃくせき》は大《おお》さわぎになった。

「なんだって！　主催者《しゅさいしゃ》が参戦《さんせん》するのか！」

「しかも、タッグマッチじゃなく一対《たい》一か。これは見《み》ものだな！」

はなやかなファンファーレが鳴《な》りひびき、闘技場《とうぎじょう》に二人《ふたり》が入場《にゅうじょう》してきた。

大《おお》きなハンマーを手《て》にしたデデデ大王《だいおう》。そして、緑《みどり》のぼうしに剣《けん》をかまえたピンクのカービィ。

観客席《かんきゃくせき》から、割《わ》れるような拍手《はくしゅ》と歓声《かんせい》が送《おく》られた。

その歓声《かんせい》を破《やぶ》って、ウォーキーがアナウンスを続《つづ》ける。

「では、優勝決定戦《ゆうしょうけっていせん》のルールを説明《せつめい》するぜ。この試合《しあい》は、『**こたえて！　アクションシアター**』で行《おこな》われる。ルールはわかってるな？　出《だ》されたお題《だい》に答《こた》えて……」

「だまれ！」

デデデ大王《だいおう》がどなりつけた。

「オレ様《さま》は、そんなルールでは戦《たたか》わんぞ。カービィとの決戦《けっせん》は、一対《たい》一の真剣勝負《しんけんしょうぶ》。それしかない！」

「のぞむところ！」

カービィは、勇《いさ》ましく答《こた》えた。

ウォーキーが、困《こま》った声《こえ》で言《い》った。

「でも、そういうルールなんだ。もう、お題《だい》も用意《ようい》してあるし……」

「うるさい！　オレ様《さま》は主催者《しゅさいしゃ》だぞ！　オレ様《さま》の言《い》うとおりにしろ！」

デデデ大王《だいおう》がほえると、空気《くうき》がビリビリとふるえた。

ウォーキーは、しかたなく言《い》った。

「わかりましたよ。せっかく準備《じゅんび》したのになあ。じゃ、シンプルなバトルに変更《へんこう》だ。ルールは……」

アナウンスが終《お》わらないうちに、デデデ大王《だいおう》がカービィに向《む》かって言《い》った。

「行《い》くぞ、カービィ！」

「負《ま》けないよ！」

カービィも地《ち》をけって飛《と》び上《あ》がり、デデデ大王《だいおう》に切《き》りつけた。

大王《だいおう》はハンマーで防御《ぼうぎょ》！　カービィは空中《くうちゅう》でくるっと一回転《かいてん》し、着地《ちゃくち》を決《き》めた。

ウォーキーが叫《さけ》んだ。

「あ、あ、まだスタートの合図《あいず》をしてないんだけど……その前《まえ》に、ルールの説明《せつめい》もしなくちゃいけないし……二人《ふたり》とも、元《もと》の位置《いち》に戻《もど》って……」

しかし、その声《こえ》は、観客席《かんきゃくせき》からの大歓声《だいかんせい》にかき消《け》されてしまった。

「うおおお、始《はじ》まったぁ！」

「今《いま》の、すごかったな！　カービィの身軽《みがる》さときたら！」

「いや、デデデ大王《だいおう》のほうが動《うご》きがいいぞ！」

「みんな、静《しず》かに、静《しず》かに！　まだ、ルールの説明《せつめい》が終《お》わってないんだから……！」

ウォーキーは声《こえ》をからして叫《さけ》んだが、ぜんぜん通《つう》じないので、ついにあきらめた。

「もう、いいや！　こまかいルールは、なし！　とにかく相手《あいて》を倒《たお》したほうが勝《か》ちの、シンプル・バトルだぜ！」

ウォーキーに言《い》われるまでもなく、戦《たたか》っている二人《ふたり》はとっくにそのつもりだった。

デデデ大王《だいおう》は巨大《きょだい》なハンマーを軽々《かるがる》と持《も》ち上《あ》げ、カービィに襲《おそ》いかかる。

「**ジャイアントデデデスイング！**」

デデデ大王《だいおう》の得意《とくい》ワザだ。ハンマーをかまえて回転《かいてん》し、相手《あいて》を攻撃《こうげき》する。

威力《いりょく》は絶大《ぜつだい》だ。一撃《いちげき》でも食《く》らったら、立《た》ち上《あ》がれないほどの大《だい》ダメージを受《う》けてしまう。

カービィはあわてて飛《と》びのいて、攻撃《こうげき》をかわした。

デデデ大王《だいおう》はすばやく回転《かいてん》を止《と》め、次《つぎ》のワザをくり出《だ》した。

「**ハンマーたたき！**」

連続《れんぞく》で打《う》ち下《お》ろされたハンマーの攻撃《こうげき》は、さすがのカービィもかわせなかった。

「うわあああ！」

破壊力《はかいりょく》ばつぐんの攻撃《こうげき》を受《う》けて、カービィはあおむけにひっくり返《かえ》った。

息《いき》もつかせぬバトルに、観客席《かんきゃくせき》もヒートアップ！

「カービィがあぶない！」

「いや、まだまだ！　カービィの恐《おそ》ろしさは、ここからだぜ！」

「がんばれ、カービィ！」

大《おお》さわぎの中《なか》、ただ一人冷静《ひとりれいせい》にバトルを観察《かんさつ》しているのは、メタナイトだった。

「腕《うで》を上《あ》げたな、デデデ大王《だいおう》。ワザのつなぎ方《かた》が、みごとだ」

つぶやいたメタナイトに、となりに座《すわ》っているバル艦長《かんちょう》が言《い》った。

「カービィは、ここまでの戦《たたか》いで疲《つか》れきっているようですな。いつものようなキレがありません」

アックスナイトが言《い》いそえた。

「むりもありません。メタナイト様《さま》のスピニングナイトをまともに食《く》らって、さっきまで気絶《きぜつ》してたんですから」

「だが、彼《かれ》なら──カービィなら、まだまだ戦《たたか》えるはずだ」

メタナイトは、よろよろと立《た》ち上《あ》がったカービィを見《み》つめて、つぶやいた。

「ほんとうの強《つよ》さを見《み》せてくれ、カービィ」

けれど、カービィの調子《ちょうし》はなかなか上《あ》がらなかった。

バル艦長《かんちょう》やアックスナイトが言《い》ったとおり、ここまでの戦《たたか》いで、疲《つか》れがたまっている。

それに加《くわ》えて、ハンマーたたきの衝撃《しょうげき》で、手足《てあし》がじーんとしびれてしまった。

剣《けん》が、いつになく重《おも》く感《かん》じられる。手《て》も足《あし》も、いつもの半分《はんぶん》くらいしか力《ちから》が入《はい》らない。

「だめだ……もっと、がんばらなきゃ……デラックス山《やま》もりケーキが……」

力《ちから》をふりしぼって、ワザを放《はな》つ。

「えーい……**一《いっ》とうりょうだん……！**」

しかし、いつもの威力《いりょく》はない。あっさり、かわされてしまった。

「ハハハ！　おまえの力《ちから》はそんなものか！」

デデデ大王《だいおう》は、勝《か》ちほこって笑《わら》った。

「では、さっさと戦《たたか》いを終《お》わらせるとするか。**ばくれつデデデハンマーなげ！**」

デデデ大王《だいおう》は、ダッシュしながらハンマーを放《ほう》り投《な》げた。

カービィは、よけられない。飛《と》んできたハンマーに打《う》たれて、ひっくり返《かえ》った。

この衝撃《しょうげき》は、大《おお》きかった。コピー能力《のうりょく》がはずれ、ソードナイトが転《ころ》がり出《で》てきた。

観客席《かんきゃくせき》が、ざわついた。

「あ、あれは……？」

「ソードナイトじゃないか！　メタナイトの部下《ぶか》の」

メタナイトとその部下《ぶか》たちは、いっせいに立《た》ち上《あ》がった。

「ソードナイト〜!?」

「なかなか帰《かえ》ってこないと思《おも》っていたら、カービィに吸《す》いこまれてたのか！」

すっぴんに戻《もど》ってしまったカービィは、よろめきながら、もう一度《いちど》ソードナイトを吸《す》いこもうとした。

正気《しょうき》に返《かえ》ったソードナイトは、逃《に》げ腰《ごし》になった。

「や、やめろ、カービィ！　もう吸《す》いこまないでくれ！」

観客席《かんきゃくせき》のメタナイトが声《こえ》をかけた。

「そこまでだ、カービィ。ソードナイトを吸《す》いこんだことは、とがめずにおこう。ソードナイトにも、油断《ゆだん》があったのだろうからな。しかし、二度目《どめ》はだめだ」

「……メタナイト……」

「だいじな部下《ぶか》だ。休《やす》ませてやりたいのだ」

「う……うん……」

カービィは、うなずいた。ソードナイトは、ほっとため息《いき》をついた。

メタナイトは、デデデ大王《だいおう》に言《い》った。

「デデデ大王《だいおう》、この勝負《しょうぶ》はおあずけにしてはどうか。カービィはすっぴんだ。コピーのもとを用意《ようい》するまで、しばらく中断《ちゅうだん》ということに……」

「……だまれ」

勝利《しょうり》を目前《もくぜん》にしたデデデ大王《だいおう》は、メタナイトの提案《ていあん》をはねのけた。

「一度始《いちどはじ》めた戦《たたか》いを、途中《とちゅう》でやめられるか。続《つづ》けるぞ！」

デデデ大王《だいおう》はハンマーを振《ふ》り上《あ》げた。

カービィは目《め》を見《み》ひらいて、立《た》ちつくしていた。

コピー能力《のうりょく》を持《も》たない状態《じょうたい》では、大王《だいおう》のハンマーから逃《に》げることも、受《う》け止《と》めることもできない。

観客席《かんきゃくせき》から悲鳴《ひめい》が上《あ》がった。

「カービィが大《だい》ピンチだ！」

「これで、勝負《しょうぶ》は決《き》まったな！」

客席《きゃくせき》で見守《みまも》っていたワドルディは、必死《ひっし》に身《み》を乗《の》り出《だ》して叫《さけ》んだ。

「やめてください、大王様《だいおうさま》！　ぼくらの負《ま》けです！　ケーキはあきらめます……！」

しかし、デデデ大王《だいおう》は耳《みみ》を貸《か》さない。

宿年《しゅくねん》のライバル、カービィと、ついに決着《けっちゃく》をつける時《とき》がきたのだ。デデデ大王《だいおう》は、ハンマーをかまえて、狙《ねら》いを定《さだ》めた。

その時《とき》だった。

「カービイ！　オレを吸《す》いこむッス！」

そんな声《こえ》とともに、観客席《かんきゃくせき》から一人《ひとり》の客《きゃく》が飛《と》びこんできた。

ナックルジョーだ。最前列《さいぜんれつ》に陣《じん》どって試合《しあい》を観戦《かんせん》していたのだが、だまっていられなくなったらしい。

デデデ大王《だいおう》は攻撃《こうげき》の手《て》を止《と》めて、振《ふ》り返《かえ》った。

ナックルジョーは、カービィのもとへ駆《か》けつけた。

「力《ちから》を貸《か》してやるッス。遠慮《えんりょ》はいらねえッス！」

「ナックルジョー……」

「さあ、早《はや》く！」

いつもなら、カービィに吸《す》いこまれるのをいやがって逃《に》げ回《まわ》るだろうが、今日《きょう》は様子《ようす》がちがう。

おどろいているカービィに、ナックルジョーはじれったそうに言《い》った。

「カービィとワドルディががんばって戦《たたか》ってるのを見《み》てるうちに、ファイターの血《ち》が熱《あつ》くたぎってきたッスよ！　オレだって、戦《たたか》いたいッス。だから、力《ちから》を貸《か》すッスよ！」

カービィの顔《かお》がかがやいた。

「ありがとう、ナックルジョー！」

カービィは、思《おも》いっきり息《いき》を吸《す》いこんだ。

ナックルジョーはたちまち吸《す》いこまれ、カービィの姿《すがた》が変化《へんか》した。

まっかなハチマキをひたいに巻《ま》いた、「ファイター」のコピー能力《のうりょく》だ。

カービィは、元気《げんき》を取《と》り戻《もど》した。

「行《い》くぞー！　デラックス山《やま》もりケーキのために！」

カービィは、デデデ大王《だいおう》に向《む》かって、バルカンジャブを放《はな》った。

デデデ大王《だいおう》は、ひるむどころか、ますます闘志《とうし》をふるいたたせた。

「ふん、そんなもの、オレ様《さま》には通用《つうよう》せんわい！」

バルカンジャブの連続攻撃《れんぞくこうげき》をかわし、腕《うで》にぐっと力《ちから》をこめて、ハンマーを投《な》げつける。

「ばくれつデデデハンマーなげ！」

「同《おな》じ手《て》は食《く》わないよ！」

カービィは飛《と》んでくるハンマーをかわし、攻撃《こうげき》を放《はな》った。

「えい、**ギガはどうショット！**」

全身《ぜんしん》にこめた力《ちから》が、燃《も》えさかる炎《ほのお》となって、カービィの手《て》から撃《う》ち出《だ》される。

デデデ大王《だいおう》は、よけきれずに、ふっ飛《と》ばされた。

「うわわ！　あちち！　熱《あつ》いわいっ！」

「やけどをしたくなかったら、まいったって言《い》え！」

「ふん、なまいきな！」

デデデ大王《だいおう》は、落《お》ちたハンマーをひろい上《あ》げ、振《ふ》りかざした。

「**ジャイアントデデデスイング！**」

回転《かいてん》しながら、連続《れんぞく》で、ハンマーをたたきこむ。

カービィは、一、二発目《はつめ》はよけたものの、三発目《ぱつめ》をもろに食《く》らってしまった。

衝撃《しょうげき》でコピー能力《のうりょく》がはずれ、吸《す》いこまれたばかりのナックルジョーが転《ころ》がり出《で》てきた。

ナックルジョーは、息《いき》をはずませて言《い》った。

「もう一回《いっかい》ッス、カービィ。もう一回《いっかい》、オレを……！」

「そうはさせるか！」

デデデ大王《だいおう》は、ハンマーを振《ふ》り回《まわ》し、ナックルジョーに一撃《いちげき》！

「あれええ！」

ナックルジョーは、もともと座《すわ》っていた観客席《かんきゃくせき》にまでふっ飛《と》ばされてしまった。

観客《かんきゃく》たちが、ざわめいた。

「うわっ、すごいパワーだ！　カービィは、また、すっぴんに戻《もど》っちゃったぞ」

「もうダメだ……！」

悲鳴《ひめい》がうずまく中《なか》、また、一人《ひとり》の客《きゃく》が闘技場《とうぎじょう》に乱入《らんにゅう》した。

「カービィどの、せっしゃを吸《す》いこむでござる！」

むらさき色《いろ》の装束《しょうぞく》を身《み》につけ、頭巾《ずきん》をかぶっている。めったに人前《ひとまえ》に姿《すがた》をあらわさない、ツキカゲだ。

観客席《かんきゃくせき》から、おどろきの声《こえ》が上《あ》がった。

「あ、あいつはツキカゲ！」

「あいつもデデグランプリを見《み》に来《き》てたのか」

「気《き》がつかなかった。壁《かべ》にはりついて観戦《かんせん》してたんだな」

ツキカゲは、カービィの前《まえ》に走《はし》り出《で》た。

カービィが何《なに》か言《い》おうとするのをさえぎって、早口《はやくち》で告《つ》げた。

「話《はなし》は後《あと》でござる。せっしゃ、ナックルジョーどのの勇気《ゆうき》に感動《かんどう》したでござる。せっしゃも、カービィどのの力《ちから》になりたいのでござる。さ、早《はや》く吸《す》いこむでござるよ！」

「う、うん」

カービィが息《いき》をはいた瞬間《しゅんかん》、デデデ大王《だいおう》が叫《さけ》んだ。

「きさま、引《ひ》っこんでろ！　オレ様《さま》とカービィの勝負《しょうぶ》をじゃまするな！」

「カービィどの、早《はや》く！」

カービィは、急《いそ》いで口《くち》を大《おお》きく開《あ》けた。

デデデ大王《だいおう》がハンマーを振《ふ》り上《あ》げる。ツキカゲは、待《ま》ちきれないとばかりに、自分《じぶん》から地面《じめん》をけってカービィの口《くち》の中《なか》へ飛《と》びこんでいった。

観客席《かんきゃくせき》から、おどろきの声《こえ》が上《あ》がった。

「うわあ、あいつ、物好《ものず》きだな」

「初《はじ》めて見《み》たぞ。自分《じぶん》から吸《す》いこまれに行《い》くヤツ」

「見《み》ろ、カービィの姿《すがた》が変《か》わったぞ！」

カービィは、ツキカゲと同《おな》じく、むらさき色《いろ》の装束《しょうぞく》をまとった姿《すがた》になった。背中《せなか》には、大《おお》きな刀《かたな》をせおっている。

「『ニンジャ』のコピー能力《のうりょく》だ……！」

カービィは、元気《げんき》よく飛《と》び上《あ》がった。

「ありがとう、ツキカゲ！　これで戦《たたか》えるぞ！」

「ふん！　どんなコピー能力《のうりょく》だって、オレ様《さま》にはかなうまい！」

デデデ大王《だいおう》は、ハンマーをにぎり直《なお》した。

カービィはすばやく刀《かたな》を抜《ぬ》き、デデデ大王《だいおう》に向《む》けて振《ふ》った。

「**はたきぎり！**」

「そんなもの、オレ様《さま》には効《き》かないぞ！」

大王《だいおう》はハンマーを振《ふ》り回《まわ》し、カービィの刀《かたな》をはじき飛《と》ばした。

刀《かたな》はくるくると回《まわ》りながら飛《と》んでいき、地面《じめん》に突《つ》き刺《さ》さってしまった。

「あ、刀《かたな》が……！」

「武器《ぶき》なしでは、戦《たたか》えまい。ハハッ、これで終《お》わりだ、カービィ！」

デデデ大王《だいおう》が、とどめの一撃《いちげき》を放《はな》とうとした瞬間《しゅんかん》だった。

カービィは身《み》をかがめ、すばやく小《ちい》さな武《ぶ》器《き》を投《な》げつけていた。

「**クナイしゅりけん！**」

クナイは、ニンジャが隠《かく》し持《も》つ武器《ぶき》だ。手《て》の中《なか》に隠《かく》せるほど小《ちい》さいが、威力《いりょく》はばつぐん。

デデデ大王《だいおう》はハンマーをはじき飛《と》ばされ、うろたえた。

「な、何《なに》!?　カービィ、きさま……！」

「これがニンジャの戦《たたか》い方《かた》だよ！」

デデデ大王《だいおう》は、ハンマーをひろい上《あ》げよう

としたが、カービィはすばやく大王《だいおう》に駆《か》けよった。

「とどめだ～！」

カービィは全身《ぜんしん》に力《ちから》をためると、大声《おおごえ》で叫《さけ》んだ。

「ばく炎《えん》のじゅつ――！」

まっかな炎《ほのお》が吹《ふ》き上《あ》がり、大王《だいおう》のからだが、うず巻《ま》く巨大《きょだい》な火柱《ひばしら》につつまれる。

闘技場《とうぎじょう》が揺《ゆ》れるほどの衝撃《しょうげき》が走《はし》った。

こんな大《おお》ワザを食《く》らったら、いくらデデデ大王《だいおう》でも、ひとたまりもない。

大王《だいおう》は手足《てあし》を大《おお》きくのばしたまま、動《うご》かなくなってしまった。

ウォーキーが叫《さけ》ぶ。

「一、二、三……ダウンだ！　デデデ大王《だいおう》、ダウン！　優勝《ゆうしょう》はカービィだ～！」

観客席《かんきゃくせき》は、熱狂《ねっきょう》のうず。

「わああ！　やったぜ、カービィ！」

「強《つよ》い！　強《つよ》すぎる！」

「プププランド最強《さいきょう》の戦士《せんし》は、やっぱりカービィだ！」

ワドルディが、観客席《かんきゃくせき》から飛《と》び下《お》りて、カービィに抱《だ》きついた。

「やった、やった！　おめでとう、カービィ！」

「ぼくら二人《ふたり》の勝利《しょうり》だよ。早《はや》く、デラックス山《やま》もりケーキを……」

カービィが舌《した》なめずりした時《とき》だった。

闘技場《とうぎじょう》のとびらが開《ひら》き、何者《なにもの》かがちょこちょこと走《はし》りこんできた。

気《き》づいたワドルディがつぶやいた。

「あ……発明家《はつめいか》のトロンさん……？」

トロンは、ひっくり返《かえ》っているデデデ大王《だいおう》に駆《か》けよった。

そして、大王《だいおう》を揺《ゆ》さぶって目《め》をさまさせ、すばやく何《なに》かをささやいた。

大王《だいおう》はぼうぜんとしていたが、トロンのささやきを聞《き》くと、急《きゅう》に目《め》をかがやかせた。

デデデ大王《だいおう》は、ぴょこりと立《た》ち上《あ》がった。まだ、全身《ぜんしん》に痛《いた》みが残《のこ》っているだろうに、表《ひょう》情《じょう》はふてぶてしい。

大王《だいおう》は、ふんぞり返《かえ》って言《い》った。

「こんなもので勝《か》ったつもりか？　オレ様《さま》はみとめんぞ！」

「……え？」

ウォーキーが、とまどった声《こえ》を上《あ》げた。

「いや、勝負《しょうぶ》はついたぜ。優勝《ゆうしょう》はカービィ……」

「み・と・め・ん・ぞー！」

大王《だいおう》は、肩《かた》をいからせてどなりちらした。

ワドルディが、おろおろしながら言《い》った。

「そんな……大王様《だいおうさま》、カービィはちゃんと勝《か》ったじゃないですか……」

「うるさい！　オレ様《さま》が開《ひら》いた大会《たいかい》だぞ。オレ様《さま》が好《す》きにして何《なに》が悪《わる》い！」

「そんなむちゃくちゃな……」

「ほんとうの優勝決定戦《ゆうしょうけっていせん》は、これからだ。いいか、カービィ、オレ様《さま》のとっておきを見《み》せてやる。エレベーターで、最上階《さいじょうかい》に上《あ》がってこい！」

デデデ大王《だいおう》は、どたどたと闘技場《とうぎじょう》を走《はし》り出《で》ていった。

観客席《かんきゃくせき》から、ブーイングが起《お》きた。もっとも、デデデ大王《だいおう》に聞《き》こえると怖《こわ》いので、みんな小《ちい》さな声《こえ》でブツブツ言《い》うだけだったけれど。

「ひどいなあ。どう見《み》てもカービィの勝《か》ちなのに」

「とっておきを見《み》せてやるって言《い》ってたね。なんだろう？」

「まさかの、秘密兵器《ひみつへいき》……？」

闘技場《とうぎじょう》には、カービィとワドルディ、そしてトロンが残《のこ》されていた。

トロンは、にんまりと笑《わら》って、カービィに向《む》き直《なお》った。

「……というわけです。デラックス山《やま》もりケーキがほしければ、デデデ陛下《へいか》の言《い》うとおりにすることですな。あ、一つ、教《おし》えてあげましょう」

トロンは口《くち》ひげをひねり回《まわ》した。

「陛下《へいか》の『とっておき』というのは、この天才発明家《てんさいはつめいか》トロン様《さま》の最高傑作《さいこうけっさく》のことです。てめぇが……いや、あなたがどれほど強《つよ》くても、トロン様《さま》の発明品《はつめいひん》にかなうはずはない。かくごすることですな！」

トロンは高笑《たかわら》いをして、歩《あゆ》み去《さ》ってしまった。

ワドルディが、不安《ふあん》そうに言《い》った。

「どうしよう、カービィ……あの発明家《はつめいか》、あやしいけど、実力《じつりょく》はたしかなんだ。だって、カービィプリンターを発明《はつめい》したぐらいだからね。きっと、ものすごく恐《おそ》ろしい兵器《へいき》を用意《ようい》してるよ……」

「だいじょーぶ。ぼく、行《い》くよ」

カービィは、少《すこ》しのためらいもなく言《い》い切《き》った。

「だって、デラックス山《やま》もりケーキはぼくらのものだもん。デデ大王《だいおう》の思《おも》う通《とお》りにはさせないぞ」

「ぼくも、いっしょに戦《たたか》いたいけど……」

「ううん、ぼく一人《ひとり》で平気《へいき》だよ。必《かなら》ず勝《か》つから、ワドルディはここで待《ま》ってて」

カービィは、地面《じめん》に突《つ》き刺《さ》さったままだった刀《かたな》を引《ひ》き抜《ぬ》くと、せおいなおした。

「ナックルジョーやツキカゲが、ぼくに力《ちから》をくれたんだ。ぜったいに、負《ま》けないよ」

ウォーキーが叫《さけ》んだ。

「みんなの思《おも》いをパワーにして、カービィが優勝決定戦《ゆうしょうけっていせん》に挑《いど》むぜ！　がんばれ、カービィ！　オレたち、みんな、応援《おうえん》してるからな！」

観客《かんきゃく》たちは大《おお》きな拍手《はくしゅ》を送《おく》った。

カービィは堂々《どうどう》と、闘技場《とうぎじょう》を後《あと》にした。

——カービィの姿《すがた》が消《き》えたところで、ナックルジョーが突然《とつぜん》、不満《ふまん》そうに叫《さけ》んだ。

「あれ？　最終《さいしゅう》バトルが最上階《さいじょうかい》で行《おこな》われるってことは……オレたち、試合《しあい》を見《み》られないってことッスか？」

「……え？　あ！　そうか！」

動揺《どうよう》する声《こえ》が、あちこちで起《お》きた。

「なんてこった！　最上階《さいじょうかい》には、観客席《かんきゃくせき》なんてないぜ」

「オレたち、置《お》き去《ざ》りかよ。せっかく、ここまで応援《おうえん》してきたのに！」

「見《み》たいよ！　デデデ大王《だいおう》の『とっておき』とやらを！」

観客席《かんきゃくせき》は、ため息《いき》やブーイングで大《おお》さわぎになった。

と、そこへ、意外《いがい》な一団《いちだん》がわらわらとあらわれた。

四人組《にんぐみ》のワドルディだ。一人《ひとり》はビデオカメラをかまえ、一人《ひとり》はマイクを手《て》にしている。

もう一人《ひとり》は集音《しゅうおん》の機材《きざい》をかつぎ、最後《さいご》の一人《ひとり》はカンぺ用《よう》のスケッチブックを持《も》っている。

マイクをにぎったレポーターワドルディが、闘技場《とうぎじょう》の真《ま》ん中《なか》に進《すす》み出《で》た。

「ご心配《しんぱい》なく、みなさんっ！　わたしたちワドルディレポート隊《たい》が、最上階《さいじょうかい》に突入《とつにゅう》して、実況中継《じっきょうちゅうけい》を行《おこな》いますっ！」

「……え？」

「わたしたちなら、デデデ大王様《だいおうさま》から許可《きょか》をいただいているので、最上階《さいじょうかい》にも入《はい》れるんですっ！　熱《あつ》いバトルのもようは、この闘技場《とうぎじょう》の大《だい》スクリーンに映《うつ》し出《だ》されますっ！　どうぞ、大迫力《だいはくりょく》のライブ中継《ちゅうけい》をお楽《たの》しみくださいっ！」

レポーターワドルディは、サッと手《て》を上《あ》げて、スタンドに設置《せっち》された大《だい》スクリーンを指《ゆび》さした。

客席《きゃくせき》は、あっけにとられていたが、事情《じじょう》がわかると大歓声《だいかんせい》が起《お》こった。

「ライブ中継《ちゅうけい》が見《み》られるなら文句《もんく》はないぜ！」

「役《やく》に立《た》つなあ、ワドルディたち！」

バンダナワドルディは、カメラワドルディに駆《か》けよって声《こえ》をかけた。

「よかった！　ぼくもいっしょに行《い》くね。ぼくも、大王様《だいおうさま》の部下《ぶか》だから……」

「あ、キミはダメだよぉ～」

カメラワドルディは、そっけなく、つっぱねた。

「……え？　どうして？　ぼくもワドルディなのに……」

「キミはカービィの仲間《なかま》なので、最上階《さいじょうかい》への入場《にゅうじょう》はみとめられないんだぁ～。気《き》の毒《どく》だけど、ここでスクリーンを見《み》てるんだねぇ～」

「そんな……」

「では、行《い》ってきます！　ワドルディレポート隊《たい》、出動《しゅつどう》！」

レポーターワドルディが、先頭《せんとう》をきって走《はし》り出《だ》した。

ワドルディレポート隊《たい》は、さっそうと闘技場《とうぎじょう》を出《で》て行《い》った。

8 優勝者《ゆうしょうしゃ》はだれだ!?

エレベーターを下《お》りたカービィは、目《め》をまんまるにした。

最上階《さいじょうかい》のスペシャルエリアは、あやしい光《ひかり》に満《み》たされていた。

だだっ広《ぴろ》い部屋《へや》の中《なか》に、弧《こ》を描《えが》く通路《つうろ》が作《つく》られている。カービィが移動《いどう》できるのは、その通路《つうろ》だけのようだ。

通路《つうろ》の内側《うちがわ》は、深《ふか》い深《ふか》い穴《あな》になっている。落《お》ちたらまず、助《たす》からない。

その穴《あな》の上部《じょうぶ》に、透明《とうめい》なカプセルが浮《う》いている。

そして、カプセルの中《なか》に、デデデ大王《だいおう》がデンと座《すわ》っていた。

「デデデ大王《だいおう》……!」

カービィは、キッとなって、大王《だいおう》をにらみつけた。

デデデ大王《だいおう》は勝《か》ちほこった笑《わら》いを浮《う》かべ、手《て》もとのパネルを操作《そうさ》した。

と――。

ゴゴゴゴ……という音《おと》とともに、穴《あな》の下《した》から何《なに》かがせり上《あ》がってきた。

カービィはハッとして、身《み》がまえた。

何《なに》が出現《しゅつげん》するのか……まさか、デデデ大王《だいおう》の「とっておき」……？

けれど、あらわれた物《もの》を見《み》て、カービィは拍子《ひょうし》ぬけしてしまった。

それは、あのカービィプリンターだった。

たしかにすごい機械《きかい》だけれど、最終決戦《さいしゅうけっせん》の武器《ぶき》というには、もの足《た》りない。どれほどコピーカービィを作《つく》り出《だ》しても、ほんもののカービィにかなわないことは、これまでの戦《たたか》いで明《あき》らかになっている。

「カービィプリンターをこわして、デデデ大王《だいおう》をやっつけるぞ。デラックス山《やま》もりケーキは、ぼくらの物《もの》だ！」

カービィが叫《さけ》んだ時《とき》だった。

ふいに、デデデ大王《だいおう》が乗《の》るカプセルが、まばゆい光《ひかり》を放《はな》った。

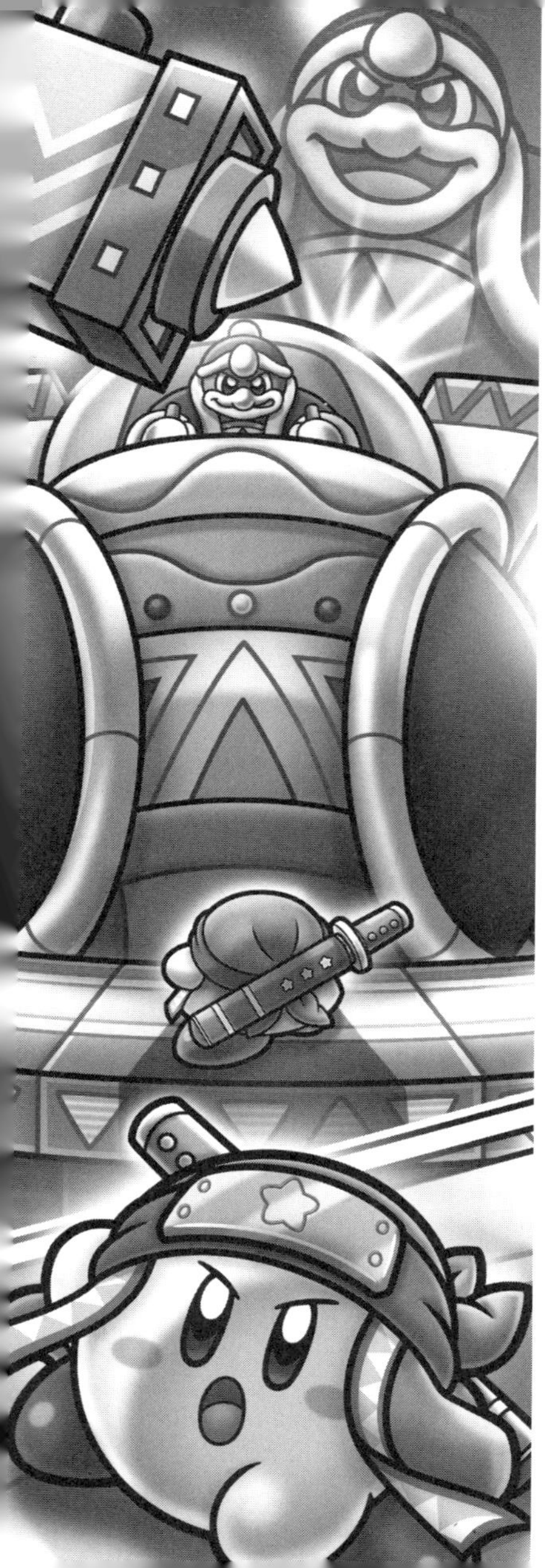

「……え？」

カービィは手《て》をかざして、強《つよ》い光《ひかり》をさえぎった。

四方《しほう》の壁《かべ》や天井《てんじょう》から、あらたなパーツが飛《と》び出《だ》して、カプセルを包《つつ》みこんでいく。

みるみるうちに、すべてのパーツと、カービィプリンターが合体《がったい》をとげた。

デデデ大王《だいおう》は笑《わら》った。

「どうだ、カービィ。これが、**オレ様《さま》の最終兵器《さいしゅうへいき》――デデ・デデデデンZ《ゼット》だ！**」

「ここからは、ウォーキーさんにかわりまして、ワドルディレポート隊《たい》がお送《おく》りしますっ！　実況《じっきょう》はぼく、レポーターワドルディ、カメラはカメラワドルディ、音声《おんせい》はマイクワドルディ、AD《エーディー》はAD《エーディー》ワドルディですっ！」

闘技場《とうぎじょう》のスクリーンに、最上階《さいじょうかい》の様子《ようす》が映《うつ》し出《だ》された。

「すごい迫力《はくりょく》ですっ！　これが、デデ大王様《だいおうさま》の『とっておき』のようですっ！　えーっと……これは、たぶん……」

「これこそ、この発明王《はつめいおう》トロンの最高傑作《さいこうけっさく》ロボット『デデ・デデデンZ《ゼット》』！」

実況席《じっきょうせき》に、トロンが割《わ》りこんできた。

「あ、トロンさんっ！　このデデデデデ……デデデデデン……というのは……!?」

「デが多《おお》すぎる。『デデ・デデデンZ《ゼット》』ですぞ」

「これは、なんでしょうかっ？」

「フフフ……見《み》ていればわかりますよ。このロボットの恐《おそ》ろしさが！」

カービィは、がっかりしていた。

「なーんだ……ロボットと戦《たたか》うのか。デデデ大王《だいおう》が相手《あいて》だと思《おも》ってたのに……」

「おじけづいたのか、カービィ」

デデデ大王《だいおう》を閉《と》じこめたカプセルは、ロボットの操縦席《そうじゅうせき》となっている。

操縦席《そうじゅうせき》に座《すわ》った大王《だいおう》は、カービィを見下《みお》ろして、せせら笑《わら》った。

「だが、もうおそい。逃《に》げられんぞ！」

「逃《に》げたりしないよ！　戦《たたか》うぞ！」

カービィは、せおった刀《かたな》を抜《ぬ》いた。

「では、始《はじ》めようじゃないか。ほんとうの優勝決定戦《ゆうしょうけっていせん》を！」

デデデ大王《だいおう》は、レバーを引《ひ》いた。

ロボットに組《く》みこまれたカービィプリンターが、ガタガタと音《おと》を立《た》て始《はじ》めた。

オレンジ色《いろ》をした、ウィップカービィが転《ころ》がり出《で》てきた。

ウィップカービィは無表情《むひょうじょう》でムチを振《ふ》り上《あ》げ、カービィに襲《おそ》いかかってくる。

カービィは、すばやくかわし、クナイしゅりけんを放《はな》った。

みごとに命中《めいちゅう》！

ウィップカービィはよろめいた。

「コピーカービィなんて、いくら出《で》てきたって怖《こわ》くないよ！」

カービィは自信《じしん》をこめて叫《さけ》んだ――が。

「ハハハ、あまいぞ、カービィ！　『デデ・デデデンZ《ゼット》』の力《ちから》は、こんなものではない！」

デデデ大王《だいおう》が叫《さけ》ぶと同時《どうじ》に、ロボットのアームが動《うご》いた。

巨大《きょだい》な鉄《てつ》のこぶしが、カービィめがけて打《う》ち下《お》ろされる！

「わあ！」

危機一髪《ききいっぱつ》、カービィは飛《と》びのいた。

レポーターワドルディが叫《さけ》んだ。

「なんと、すさまじい威力《いりょく》ですっ！　たった今《いま》までカービィが立《た》っていた通路《つうろ》が、ごっそりえぐり取《と》られていますっ！　あわわ、カービィ、あぶなかった～！」

デデデ大王《だいおう》の笑《わら》い声《ごえ》がひびいた。

「いつまで逃《に》げ回《まわ》れるかな？　さっさと降参《こうさん》したほうが身《み》のためだぞ、カービィ！」

カービィプリンターは、次々《つぎつぎ》に新《あたら》しいカービィを生《う》み出《だ》す。その間《あいだ》にも、デデ・デデデンZ《ゼット》は容赦《ようしゃ》のない攻撃《こうげき》をしかけてくる。

コピーカービィとデデ・デデデンZ《ゼット》、両方《りょうほう》を相手《あいて》にしなければならないのだ。

しかも、カービィが立《た》っていられる場所《ばしょ》は細《ほそ》い通路《つうろ》。バランスをくずせば、まっさかさまだ。

「えい！　**ばく炎《えん》のじゅつ！**」

ウィップカービィをうず巻《ま》く炎《ほのお》で撃退《げきたい》したが、こんなのは焼《や》け石《いし》に水《みず》。

やっつけても、やっつけても、コピーカービィは次々《つぎつぎ》に作《つく》り出《だ》される。

しかも、カービィの攻撃《こうげき》は、コピーたちを片《かた》づけるのでせいいっぱい。デデ・デデデンZ本体《ゼットほんたい》には、まったく届《とど》かない。

アームの一撃《いちげき》をさけながら、コピーカービィたちを相手《あいて》にするのは、つらい。じわじわと体力《たいりょく》がけずり取《と》られていく。

カービィの顔《かお》が、しだいに、くもり始《はじ》めた。

「どうしよう……このままじゃ……」

「どうしよう……このままじゃ……」

闘技場《とうぎじょう》で大《だい》スクリーンを見《み》ていたワドルディは、カービィと同《おな》じセリフを口《くち》にした。

まわりの観客《かんきゃく》たちは、興奮《こうふん》して大声《おおごえ》を上《あ》げている。

「行《い》け、行《い》け、カービィ！」

「わあっ、アームの一撃《いちげき》が来《く》るぞ！　よけろ～！」

「ボムカービィ、ハンマーカービィ、スリープカービィが出《で》てきたぞ！　コピーカービィは、キリがないな！」

ワドルディは、たまらない気《き》もちになって、そっと席《せき》を立《た》った。

「こんな戦《たたか》い、見《み》てられないよ。勝《か》てるわけない。もう、ケーキはあきらめよう。カービィがケガをしませんように……」

ワドルディは闘技場《とうぎじょう》を出《で》て、広間《ひろま》に立《た》った。

最上階《さいじょうかい》に通《つう》じるエレベーターは、兵隊《へいたい》ワドルディが守《まも》っている。カービィを助《たす》けに行《い》きたいけれど、ここを突破《とっぱ》することなんて、できそうにない。

たとえできたとしても、ワドルディには戦《たたか》う力《ちから》がない。カービィの役《やく》には立《た》てない……。

「どうしよう……このままじゃ、カービィが……」

泣《な》きそうな声《こえ》でつぶやいた時《とき》だった。

「――どうやら、間《ま》に合《あ》ったようですな」

背後《はいご》で声《こえ》がした。

振《ふ》り返《かえ》ったワドルディはおどろいた。

「え……!?　あ、あなたは……！」


カービィの体力《たいりょく》は、限界《げんかい》に近《ちか》づいていた。

「えい……！　**いあい抜《ぬ》き！　ニンジャキック！**」

次々《つぎつぎ》にワザを出《だ》し、コピーカービィたちを片《かた》づけていくが、かんじんのデデ・デデデンZ《ゼット》にはまったく攻撃《こうげき》できない。

「ハッハッハ！　降参《こうさん》しろ、カービィ！」

デデデ大王《だいおう》は、もう、すっかり勝《か》ったつもりでいる。気分《きぶん》よさそうに、ロボットを操縦《そうじゅう》し、破壊力《はかいりょく》ばつぐんの攻撃《こうげき》を放《はな》ってくる。

カービィの動《うご》きが、だんだん、にぶくなってきた。

「この……ままじゃ……もう……」

足《あし》がもつれ、コピーカービィの攻撃《こうげき》を、かわすことすらできなくなりつつある。

決着《けっちゃく》がつくのは、時間《じかん》の問題《もんだい》か。

そんな空気《くうき》がただよい始《はじ》めた時《とき》だった。

突然《とつぜん》、エレベーターのドアが開《ひら》いた。

乗《の》りこんでいたのは、バンダナワドルディ。

レポーターワドルディが叫《さけ》んだ。

「ああっ!?　カービィの仲間《なかま》のバンダナワドルディがあらわれましたっ！　戦《たたか》いに加《くわ》わる気《き》でしょうかっ!?　いや、バンダナワドルディは何《なに》かを持《も》っていますっ！　あれは……!?」

「カービィ！　これを使《つか》って！」

ワドルディは叫《さけ》んで、何《なに》かを投《な》げてよこした。

砲台《ほうだい》のようなかたちをした機械《きかい》だった。それは通路《つうろ》に落下《らっか》し、ガシャリとにぶい音《おと》を立《た》てた。

カービィは、よろよろしながらワドルディを見《み》た。

「ワドルディ……？　これは……何《なに》……？」

「**グレート大砲《たいほう》！**　コピーカービィを気絶《きぜつ》させて、大砲《たいほう》に詰《つ》めて発射《はっしゃ》するんだ。そうすれば、デデ・デデデンZ《ゼット》に攻撃《こうげき》できるから！」

「…………え…………？」

なぜ、ワドルディがそんな武器《ぶき》を持《も》っているのか。いったい、どこから手《て》に入《い》れたのか。

事情《じじょう》はわからないが、考《かんが》えている余裕《よゆう》はなかった。

カービィは、言《い》われたとおり、まずコピーカービィを攻撃《こうげき》した。

「**クナイしゅりけん！**」

攻撃《こうげき》があざやかに決《き》まり、ボムカービィが倒《たお》れた。

カービィはボムカービィをかつぎ上《あ》げて、グレート大砲《たいほう》に詰《つ》めこんだ。

——発射《はっしゃ》！

ボムカービィは一直線《いっちょくせん》に宙《ちゅう》を飛《と》び、デデ・デデデンZ《ゼット》に命中《めいちゅう》した。

「……うぉぉ!?」

操縦席《そうじゅうせき》を攻撃《こうげき》されて、デデ・デデデンZ《ゼット》はよろめいた。

カービィは、信《しん》じられない思《おも》いで叫《さけ》んだ。

「当《あ》たった！　そうか、この大砲《たいほう》を使《つか》えば、デデ・デデデンZ《ゼット》に攻撃《こうげき》できるんだね！」

砲弾《ほうだん》となるのは、コピーカービィたち。

そうとわかれば、カービィに迷《まよ》いはなかった。

たちまち、元気百倍《げんきひゃくばい》！

コピーカービィたちを倒《たお》し、片《かた》っぱしからグレート大砲《たいほう》に詰《つ》めて発射《はっしゃ》する。

「えい！　えい！　ええええい！」

レポーターワドルディが絶叫《ぜっきょう》する。

「わあ、すごいっ！　カービィ砲《ほう》が次々《つぎつぎ》にデデ・デデデンZ《ゼット》にヒットしていますっ！　デデ・デデデンZ《ゼット》が、ふらつき始《はじ》めた――!?」

操縦席《そうじゅうせき》のデデデ大王《だいおう》は血相《けっそう》をかえ、レバーを押《お》したり引《ひ》いたり。

「こら、こら、こら！　動《うご》け！　かわせ！　カービィをたたきのめせ！」

「えい、えい、ええ――い！」

カービィは、続《つづ》けざまにコピーカービィを大砲《たいほう》に詰《つ》めて撃《う》ちこむ。

あわてたデデデ大王《だいおう》は、狙《ねら》いをあやまり、コピーカービィを攻撃《こうげき》してしまう始末《しまつ》。

「わわっ、しまった！　コピーカービィの大《おお》ばかもの！　オレ様《さま》の攻撃《こうげき》くらい、とっととよけろ！」

アームの攻撃《こうげき》でダウンしてしまったコピーカービィを、グレート大砲《たいほう》に詰《つ》めこんで、発《はっ》射《しゃ》！

「くらええぇぇ――――！」

立《た》て続《つづ》けに砲撃《ほうげき》を受《う》けて、ついに、デデ・デデデンZ《ゼット》は動《うご》きを止《と》めた。

「な、な、なんだと――――!?」

操縦席《そうじゅうせき》のデデデ大王《だいおう》は大《おお》あわて。

大王《だいおう》が座《すわ》るカプセルに向《む》けて、カービィは最後《さいご》の大《おお》ワザを放《はな》った。

「**ばく炎《えん》のじゅつ――――！**」

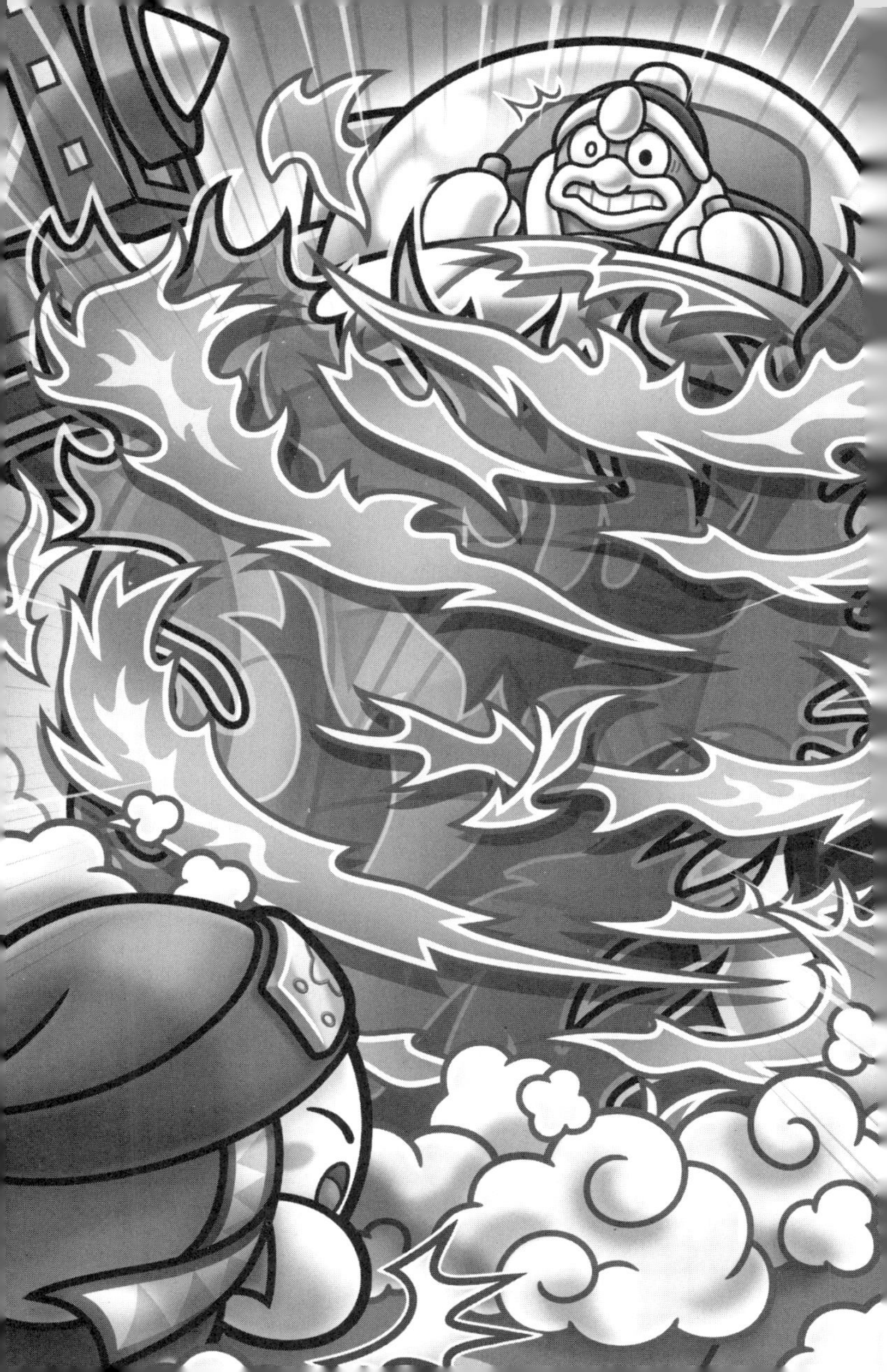

高《たか》く上《あ》がった火柱《ひばしら》が、デデ・デデデンZ《ゼット》の巨体《きょたい》をつつみこんだ。

「うわぁぁぁぁぁぁ！」

カプセルの中《なか》で、デデデ大王《だいおう》は悲鳴《ひめい》を上《あ》げた。

デデ・デデデンZ《ゼット》は煙《けむり》を吹《ふ》き上《あ》げ、バラバラになった。こまかな部品《ぶひん》が飛《と》び散《ち》り、巨大《きょだい》なアームが転《ころ》げ落《お》ちた。

そして――デデ・デデデンZ《ゼット》の中心《ちゅうしん》にあったカービィプリンターは、支《ささ》えを失《うしな》って落《お》ちていった。

深《ふか》い深《ふか》い、穴《あな》のそこへ。


かたずをのんで、闘技場《とうぎじょう》のスクリーンを見守《みまも》っていた観客《かんきゃく》たちは、よろこびを爆発《ばくはつ》させた。

「勝《か》ったぁぁ！　さすがだぜ、カービィ！」

「まさか、あの手《て》ごわいロボットを倒《たお》しちまうとはな！」

「バンダナワドルディのナイス・アシストだよ。あの大砲《たいほう》がなければ、勝《か》てなかった！」

「あれは、なんだったんだろうな？　なんでワドルディのヤツ、あんな物《もの》を……？」

そのとき、すさまじい音《おと》がひびき、闘技場《とうぎじょう》が揺《ゆ》れた。

観客《かんきゃく》たちはいっせいに飛《と》び上《あ》がり、顔《かお》を見合《みあ》わせた。

「な、なんだ、今《いま》の？」

「きっと、こわれたデデ・デデデンZ《ゼット》が落《お》ちてきたんだよ」

「それは、見《み》に行《い》かなくちゃ！」

観客《かんきゃく》たちは、押《お》し合《あ》いながら闘技場《とうぎじょう》の外《そと》に飛《と》び出《だ》した。

受付前《うけつけまえ》の広間《ひろま》に、カービィプリンターが墜落《ついらく》していた。

それに続《つづ》いて、デデデ大王《だいおう》が入《はい》ったカプセルも落《お》ちてきた。

カプセルは床《ゆか》で大《おお》きくバウンドし、その衝撃《しょうげき》で、ぱっくりと割《わ》れた。

操縦席《そうじゅうせき》に座《すわ》りこんだデデデ大王《だいおう》は、ぐったりして目《め》を閉《と》じており、動《うご》かない。

のぞきこんだ観客《かんきゃく》たちは、騒《さわ》ぎだした。

「わわわ、たいへんだ！　デデデ大王《だいおう》が……！」

「気《き》を失《うしな》ってるだけだろう。すぐに目《め》をさますさ。がんじょうだからな」

いっぽう、カービィプリンターにはキズ一《ひと》つなかった。

「こっちは、ぜんぜん、こわれてないぞ」

「デデデ大王《だいおう》並《な》みにがんじょうな機械《きかい》だな」

みんながワイワイと騒《さわ》いでいる中《なか》、ワドルドゥが言《い》った。

「あれ？　そういえば、おかしなことがあるであります」

「なんだ、ワドルドゥ？」

「この広間《ひろま》にたくさんいたコピーカービィが、一人《ひとり》も見当《みあ》たらないであります」

言《い》われてみれば、そのとおり。

広間《ひろま》にひしめいていたコピーカービィが、全員《ぜんいん》、姿《すがた》を消《け》している。

ナックルジョーが言《い》った。

「そういえば、いないッスね。あんなにたくさんいたのに」

「あいつら、どこへ行《い》ったんだろう？」

みんなの疑問《ぎもん》に答《こた》える声《こえ》がした。

「――もちろん、旅立《たびだ》っていったんだよ。デデデトレインに乗《の》ってな！」

声《こえ》の主《ぬし》は、発明家《はつめいか》トロンだった。

先《さき》ほどまでの気取《きど》った面影《おもかげ》は、もう、あとかたもなかった。

敗戦《はいせん》のショックのためか、目《め》を血走《ちばし》らせている。口《くち》もとには、引《ひ》きつった笑《わら》いを浮《う》かべていた。

そのとき、エレベーターのとびらが開《ひら》き、カービィとワドルディが出《で》てきた。

二人《ふたり》は勝利《しょうり》のよろこびに顔《かお》をかがやかせていたが、広間《ひろま》の様子《ようす》に気《き》づくと、きょとんとした。

「……どうしたの、みんな？　ぼくら、優勝決定戦《ゆうしょうけっていせん》に勝《か》って、今度《こんど》こそデラックス山《やま》もりケーキを食《た》べられることになったんだけど……」

「それどころではないのだ、カービィ」

メタナイトが言《い》った。

「あの男《おとこ》、どうやら最初《さいしょ》から何《なに》かたくらんでいたようだ」

メタナイトが示《しめ》したのは、トロン。

トロンは、本性《ほんしょう》をむき出《だ》しにした冷《つめ》たい笑《わら》いを浮《う》かべて、言《い》った。

「今《いま》さら気《き》づいても、手《て》おくれだぜ。そう、こころにもないおせじを言《い》ってデデデ大王《だいおう》に取《と》り入《い》ったのも、大王《だいおう》をおだてて武道大会《ぶどうたいかい》を開《ひら》かせたのも、すべてはワイの計画《けいかく》どおり！」

「なぜ、こんなことを……？」

「フフフ。もちろん、コピーカービィをプププランドじゅうにばらまくためさ！」

その時《とき》だった。

落《お》ちつきはらった声《こえ》がひびいた。

「くわしいことは、私《わたし》から説明《せつめい》しましょう」

広間《ひろま》に集《あつ》まっていた全員《ぜんいん》が、声《こえ》のほうを見《み》た。

「あ、あ、あれ？　どうして……？」

カービィはおどろいた。みな、ざわざわと声《こえ》を上《あ》げた。

あらわれたのは、トロンそっくりの男《おとこ》だった。もじゃもじゃした髪《かみ》も、口《くち》ひげも、うり二《ふた》つ。

男《おとこ》は広間《ひろま》を見回《みまわ》して、名乗《なの》った。

「みなさん、はじめまして。私《わたし》はコロン。トロンの弟《おとうと》で、ほんものの発明家《はつめいか》です」

「ほんもの……？」

「どういう意味《いみ》だ？」

みんな、ざわめいた。

ワドルディが言《い》った。

「このコロンさんが、ぼくに、グレート大砲《たいほう》をさずけてくれたんだ。これを使《つか》えば、デデ・デデデンZ《ゼット》を倒《たお》せるって言《い》ってね。兵隊《へいたい》ワドルディを眠《ねむ》り薬《ぐすり》で眠《ねむ》らせて、エレベーターに乗《の》れるようにしてくれたのも、コロンさんなんだ」

トロンが、にくにくしげに叫《さけ》んだ。

「やっぱり、おまえのしわざだったんだな。クソッ、邪魔《じゃま》しやがって！」

コロンは、悲《かな》しげにトロンに向《む》き直《なお》った。

「兄《にい》さん、もう、みんなに迷惑《めいわく》をかけるのはやめてください。私《わたし》の発明品《はつめいひん》を、悪《わる》いことに使《つか》わないでください」

「ヘッ、もう、おせぇよ」

トロンはのけぞって笑《わら》った。

コロンは顔《かお》をくもらせ、話《はな》し始《はじ》めた。

「みなさん、聞《き》いてください。兄《あに》は、ほんとうは発明家《はつめいか》ではなく、農場主《のうじょうぬし》なんです」

「農場《のうじょう》……？」

「ええ。故郷《こきょう》のトロコロ星《せい》に、広《ひろ》い畑《はたけ》を持《も》っているのです。ところが、兄《あに》の畑《はたけ》でとれる作《さく》物《もつ》は評判《ひょうばん》が悪《わる》く、まったく売《う》れなくて……」

コックカワサキが声《こえ》を上《あ》げた。

「あっ、あの悪名高《あくみょうたか》いトロコロ星《せい》の野菜《やさい》か。一度《いちど》だけ食《た》べたことがあるけど、もう二度《にど》と食《た》べたくないよ。パッサパサで、ものすごくまずいんだ」

「うるさい、うるさい！」

トロンは飛《と》び上《あ》がって怒《おこ》り出《だ》した。

「ワイが育《そだ》てた野菜《やさい》に文句《もんく》をつけるんじゃねえ！　味《あじ》おんち！」

「……兄《にい》さん。兄《にい》さんは毎日遊《まいにちあそ》び回《まわ》っているばかりで、作物《さくもつ》の世話《せわ》なんてぜんぜんしなかったじゃありませんか。おいしくないのは、あたりまえです」

コロンは兄《あに》をたしなめ、話《はなし》を続《つづ》けた。

「困《こま》った兄《あに》は、恐《おそ》ろしい計画《けいかく》を立《た》てたんです。それが、コピーカービィ量産計画《りょうさんけいかく》」

コロンは、カービィプリンターを指《ゆび》さした。

「私《わたし》が発明《はつめい》したあの機械《きかい》をぬすみ、カービィさんを大量《たいりょう》にコピーしようという計画《けいかく》です。おそるべき食《く》いしんぼうとして有名《ゆうめい》なカービィさんをたくさんコピーすれば、プププランドじゅうの食《た》べ物《もの》が食《た》べつくされ、みんながおなかをすかせる。そうすれば、ものすごくまずい野菜《やさい》だって売《う》れるはず……」

「なんだって！」

トロンとコロンの兄弟《きょうだい》を取《と》り囲《かこ》んだみんなは、ショックを受《う》けた。

「じゃ、武道大会《ぶどうたいかい》っていうのは……」

「コピーカービィを作《つく》るための口実《こうじつ》ですよ。デデデ大王《だいおう》を言《い》いくるめ、大《おお》がかりな武道大《ぶどうたい》会《かい》を開《ひら》かせて、資金《しきん》を集《あつ》めたのです。それだけではありません、武道大会《ぶどうたいかい》の真《しん》の目的《もくてき》は、コピーカービィたちのトレーニングでした」

「トレーニング……だと？」

「はい。コピーカービィたちは、能力《のうりょく》だけはカービィさんにそっくりですが、生《う》まれたばかりですから経験《けいけん》が足《た》りないんです。いくらコピーカービィをたくさん作《つく》ったって、弱《よわ》ければ、すぐに退治《たいじ》されてしまう。彼《かれ》らをきたえるためには、戦《たたか》いの経験《けいけん》を積《つ》ませなければならない。それには、武道大会《ぶどうたいかい》がうってつけだったというわけです」

「それじゃ、きたえられたコピーカービィたちは、今《いま》……」

コロンは、暗《くら》い顔《かお》をして首《くび》を振《ふ》った。

「デデデトレインに乗《の》りこみ、遠《とお》くへ行《い》ってしまったようです。もはや、連《つ》れ戻《もど》す手段《しゅだん》はありません。コピーカービィたちがプププランドじゅうに散《ち》らばり、食料《しょくりょう》を食《た》べつくすのは、時間《じかん》の問題《もんだい》」

「……あ、そうか！」

ワドルディが飛《と》び上《あ》がって叫《さけ》んだ。

「『**ぽいぽいトレイン**』の最後《さいご》で、コピーカービィたちが列車《れっしゃ》に飛《と》び乗《の》って行《い》ってしまったのは、そのためだったんだ！」

「そのとおり！」

トロンが答《こた》えた。

「すべて、この天才《てんさい》トロン様《さま》の計画《けいかく》どおりだぜ。ぽいぽいトレインの線路《せんろ》は、コピーカービィたちを手《て》っとり早《ばや》くプププランドじゅうにばらまくために建設《けんせつ》したのさ！」

「なんてことを……！」

みんな、血相《けっそう》を変《か》えてトロンを取《と》り囲《かこ》んだ。メタナイトは殺気《さっき》だち、宝剣《ほうけん》ギャラクシアに手《て》をかけた。

しかし、トロンはおびえるどころか、逆《ぎゃく》に勝《か》ちほこった。

「ワイを痛《いた》めつけたって、手《て》おくれだぜ！　コピーカービィたちは、もう手《て》の届《とど》かないところに散《ち》らばってるんだからな。ほんの二、三日《にち》のうちに、プププランドから食《た》べ物《もの》がすべて消《き》えちまうって寸法《すんぽう》さ」

みんな、青《あお》ざめた。

プププランドには、おいしい食《た》べ物《もの》が山《やま》ほどある。

おなかがすけば、そこらじゅうに生《は》えている木《き》から果実《かじつ》をもいで食《た》べることができる。

ちょっとぜいたくなものが食《た》べたければ、コックカワサキのレストランに行《い》けばいい。

みんなのおなかを満《み》たし、幸《しあわ》せにしてくれる食《た》べ物《もの》が、一《ひと》つ残《のこ》らず消《き》えてしまうなんて。

しかも、それが、コピーされたカービィたちのせいだなんて。

「ひどい……！」

声《こえ》をふるわせたワドルディに、トロンは舌《した》を出《だ》してみせた。

「おなかをすかせたおまえらは、この天才《てんさい》トロン様《さま》に頭《あたま》を下《さ》げて、『どうか野菜《やさい》を売《う》ってください』とたのみにくるのさ。もちろん、やさしいトロン様《さま》は売《う》ってやるぜ。目玉《めだま》がでんぐり返《がえ》るほどの高値《たかね》でな！」

その時《とき》だった。
だまって話《はなし》を聞《き》いていたカービィが、進《すす》み出《で》た。

9 力《ちから》を合《あ》わせて

カービィは、怒《おこ》っていた。

しずかに——そして、みんなが見《み》たことがないほど、はげしく。

カービィの表情《ひょうじょう》を見《み》たトロンは、ふるえ上《あ》がって、後《あと》じさった。

「な、な、なんだ！　ワイを痛《いた》めつけたって、もう手《て》おくれだと言《い》っただろう。コピーカービィたちを連《つ》れ戻《もど》すことは、不可能《ふかのう》なんだからな……！」

しかし、カービィはトロンのことなんて見《み》ていなかった。

カービィは、コロンにたずねた。

「なんとかして、コピーカービィたちを止《と》めることはできないの？」

「……たった一つだけ、方法《ほうほう》があります」

コロンは、苦《くる》しそうに答《こた》えた。

「カービィプリンターをこわせば良《よ》いのです。そうすれば、コピーカービィたちは一人残《ひとりのこ》らず消滅《しょうめつ》します」

「わかった。こわせばいいんだね！」

「ムリ、ムリ」

トロンが、バカにしたように手《て》を振《ふ》った。

「カービィプリンターは、恐《おそ》ろしくがんじょうなんだよ。このコロンのヤツが、ありったけの技術《ぎじゅつ》をつぎこんで、ぜったいにこわれないように作《つく》ったからな」

「……そのとおりなのです」

コロンは、がっくりとうなだれた。

「まさか、こんなかたちで悪用《あくよう》されるとは思《おも》わず……私《わたし》の持《も》つ技術《ぎじゅつ》をすべてつぎこんで、ぜったいにこわれない機械《きかい》にしたのです。グレート大砲《たいほう》の砲撃《ほうげき》を受《う》けても、最上階《さいじょうかい》から落《らっ》下《か》しても、キズ一《ひと》つつきません。このプリンターをこわすことは不可能《ふかのう》なのです……」

「だけど、こわさなきゃ。ぼく、やるよ！」

カービィは叫《さけ》び、カービィプリンターに向《む》き直《なお》った。

「ププランドのおいしい食《た》べ物《もの》をまもるんだ！　えーい！」

カービィは、クナイしゅりけんを放《はな》った。

しかし、しゅりけんはすべて、カンカンと音《おと》を立《た》ててはね返《かえ》された。

コロンは首《くび》を振《ふ》った。

「不可能《ふかのう》です。その程度《ていど》の攻撃《こうげき》では、通用《つうよう》しません……！」

「**ばく炎《えん》のじゅつ！**」

巨大《きょだい》な火柱《ひばしら》が、カービィプリンターをつつみこむ。

それでも、カービィプリンターはびくともしなかった。

「**ニンジャキック！　ニンジャジャンプ！**」

次々《つぎつぎ》にくり出《だ》す攻撃《こうげき》も、カービィプリンターにキズ一《ひと》つつけられなかった。

カービィが、くやしさにふるえた時《とき》だった。

「カービィ。オレを吸《す》いこめ」

太《ふと》い声《こえ》がひびいた。

のそのそと前《まえ》に出《で》てきたのは、ボンカースだった。荒《あら》っぽくて、カービィにもよくけんかを吹《ふ》っかけてくる乱暴者《らんぼうもの》だ。

しかし、ボンカースは、いつになくまじめな口調《くちょう》で言《い》った。

「ニンジャなんかより、オレのほうがパワーがある。オレを吸《す》いこんで、ハンマーのコピー能力《のうりょく》を使《つか》うんだ」

「ボンカース……」

「ガマンならねえんだよ！」

ボンカースは、突然荒々《とつぜんあらあら》しく叫《さけ》んだ。ワドルドゥやブロントバートなど、小《ちい》さな生《い》き物《もの》たちはびっくりして逃《に》げ出《だ》した。

「オレのなわばりのプププランドで、こんな勝手《かって》なまねをされちゃあな！　ホントは、オレのこの手《て》でぶっ飛《と》ばしてやりたいところだが」

ボンカースはトロンをにらんだ。トロンは、コロンの後《うし》ろにあわててかくれた。

「……カービィ、おまえに、たくすぜ。オレのこの力《ちから》……使《つか》ってくれ！」

カービィはうなずいた。

「わかった。ありがとう、ボンカース！」

カービィはニンジャの能力《のうりょく》を解除《かいじょ》してツキカゲを元《もと》に戻《もど》すと、ありったけの力《ちから》で息《いき》を吸《す》いこんだ。

ボンカースの重《おも》いからだが宙《ちゅう》に浮《う》き、カービィの口《くち》の中《なか》へと吸《す》いこまれていく。

カービィの姿《すがた》が変化《へんか》した。

頭《あたま》には、パワーのあかしの、ねじりはちまき。片手《かたて》には、岩《いわ》をもくだく巨大《きょだい》ハンマー。

動《うご》きは少《すこ》しおそいが、けたはずれのパワーをほこる、ハンマーのコピー能力《のうりょく》だ。

カービィはハンマーを振《ふ》り上《あ》げてのしのしと歩《ある》き、こんしんの力《ちから》をこめて、カービィプリンターにたたきつけた。

ゴォーーン……！
おなかにひびくような音《おと》がした。
強烈《きょうれつ》な一撃《いちげき》だ。ハンマーの風圧《ふうあつ》で、みんながのけぞった。

しかし、カービィプリンターはびくともしなかった。

息《いき》をのんで見守《みまも》っていたみんなが、いっせいにため息《いき》をついた。

「これでもダメなのか……！」

「なんという固《かた》さだ！」

トロンが、おどり上《あ》がってよろこんだ。

「ほーら、ほら！　だから、言《い》っただろ。ムダ、ムダ。こいつをこわせる武器《ぶき》なんて、どこにもありはしないんだよ！」

「……まだまだ！」

カービィは、ますます力《ちから》をこめてハンマーを振《ふ》った。

ゴォーーン……！

「カービィ、私《わたし》も手《て》を貸《か》そう」

メタナイトが宝剣《ほうけん》ギャラクシアを抜《ぬ》いて、歩《あゆ》みよった時《とき》だった。

「そこをどけ、カービィ、メタナイト！」

大《おお》きな声《こえ》がした。

みんなをかき分《わ》けてあらわれたのは、カプセルの中《なか》で気《き》絶《ぜつ》していたはずのデデデ大王《だいおう》だった。

大王《だいおう》は、愛用《あいよう》のハンマーを手《て》にしていた。

そして、その顔《かお》に浮《う》かんでいるのは、恐《おそ》ろしいほどの怒《いか》りの表情《ひょうじょう》だった。

「みとめん……オレ様《さま》は、だんじて、みとめんぞ！」

大王《だいおう》はハンマーをにぎりしめ、カービィプリンターをにらみつけた。

だれも声《こえ》をかけられないほどの迫力《はくりょく》だった。

トロンは、頭《あたま》をかかえて避難《ひなん》しながら言《い》った。

「も、もう、手《て》おくれだぜ、だんな。その機械《きかい》は、ぜったいにこわれねえ……」

「だまれ！　オレ様《さま》をだれだと思《おも》ってる！　オレ様《さま》にこわせない物《もの》なんて、ないっ！」

カミナリのような声《こえ》でどなりつけられて、トロンは「きゃっ」と小《ちい》さくなった。

デデデ大王《だいおう》は、ハンマーを頭上《ずじょう》で数回《すうかい》振《ふ》り回《まわ》し、いきおいをつけて打《う》ち下《お》ろした。

グウォオオオオオーーーン……！

目《め》をまるくしていたカービィは、ハッとわれに返《かえ》った。

「負《ま》けないぞ、デデデ大王《だいおう》！　どっちがカービィプリンターをこわせるか、競争《きょうそう》だ！」

「フン、なまいきな！　おまえなんぞに負《ま》けるか！」

カービィとデデデ大王《だいおう》は、かわるがわる、カービィプリンターに攻撃《こうげき》をくわえ始《はじ》めた。

「えい！　**ハンマーたたき！**」

「なんの！　**ぐりぐりハンマー！**」

「行《い》くよ！　**おにごろし火炎《かえん》ハンマー！**」

「食《く》らえ！　**ジャイアントデデデスイング！**」

あまりの迫力《はくりょく》に圧倒《あっとう》されていたみんなが、少《すこ》しずつ、声援《せいえん》を送《おく》り始《はじ》めた。

「いいぞ、カービィ！　デデデ大王《だいおう》！」

「二人《ふたり》とも、がんばって！」

ハンマーを打《う》ちつける音《おと》と、みんなの歓声《かんせい》とで、耳《みみ》が痛《いた》くなるほどのさわぎになった。

そんな中《なか》、バル艦長《かんちょう》がメタナイトに大声《おおごえ》で言《い》った。

「メタナイト様《さま》、手《て》を貸《か》さなくてよろしいのですか!?」

「その必要《ひつよう》はなさそうだ」

メタナイトは落《お》ちつきはらって答《こた》えた。

「きっと成功《せいこう》するさ。食《た》べ物《もの》のためなら、無限《むげん》のパワーを発揮《はっき》する二人《ふたり》だからな」

メタナイトのつぶやきは、カービィにもデデデ大王《だいおう》にも届《とど》かなかったけれど、二人《ふたり》の攻《こう》撃《げき》はますます白熱《はくねつ》していった。

「はぁぁぁ――――！　**ビッグハンマーおとし！**」

「でりゃぁ――――！　**ばくれつデデハンマーなげ！**」

最高《さいこう》の攻撃《こうげき》が、両側《りょうがわ》から決《き》まった瞬間《しゅんかん》――。

これまで、びくともしなかったカービィプリンターに、小《ち》さな小《ち》さなヒビが入《はい》った。

バンダナワドルディは、それを見《み》のがさなかった。

「あ！　カービィプリンターがこわれ始《はじ》めました！　ヒビが入《はい》りましたよ！」

その言葉《ことば》を耳《みみ》にして、カービィもデデデ大王《だいおう》も、ますます、ふるい立《た》った。

「よぉおし！　もう一発《いっぱつ》――――！」

「うぉりゃぁぁぁ！」

何度《なんど》も何度《なんど》もたたかれて、だれの目《め》にもわかるくらい、ヒビ割《わ》れが大《おお》きくなっていった。

トロンは青《あお》ざめた。

「ま、まさか！　カービィプリンターがこわれるはずない！　そうだろ、コロン!?」

「そう思《おも》っていたのですが……」

コロンは、うれしそうにほほえんだ。

「どうやら、私《わたし》の負《ま》けです。ふしぎですね……自分《じぶん》の最高《さいこう》の発明品《はつめいひん》がこわされようとしているのに、こんなにすがすがしい気《き》もちになれるなんて」

「そんなぁ！　ワイの計画《けいかく》はどうなるんだ！　ワイの畑《はたけ》は……売《う》れ残《のこ》りの野菜《やさい》の山《やま》は！」

カービィプリンターは、メリメリと音《おと》を立《た》てた。

そして、ついに。

カービィとデデデ大王《だいおう》が息《いき》の合《あ》った攻撃《こうげき》を決《き》めた瞬間《しゅんかん》。

パシャーーン!

カービィプリンターは、きらきらと破片《はへん》を飛《と》び散《ち》らせて、こっぱみじんに砕《くだ》けた。

広間《ひろま》は、静《しず》まり返《かえ》っていた。

「や……やった……やったぁ……」

バンダナワドルディが、うわずった声《こえ》を上《あ》げた。

それを合図《あいず》にしたように、わあっと大歓声《だいかんせい》が上《あ》がった。

「こわれた！　カービィプリンターがこわれたぞ！」

「助《たす》かった！　プププランドの食《た》べ物《もの》は守《まも》られた！」

「食糧危機《しょくりょうきき》はまぬがれた！　カービィとデデデ大王《だいおう》、ばんざい！」

みんな、カービィとデデデ大王《だいおう》におしみない拍手《はくしゅ》を送《おく》り、二人《ふたり》をたたえた。

カービィは晴《は》れやかな表情《ひょうじょう》になったが、デデデ大王《だいおう》はふしぎそうにみんなを見回《みまわ》した。

「……なんだと？　食《た》べ物《もの》？　食糧危機《しょくりょうきき》？　なんの話《はなし》だ」

「……え？」

ワドルディが、おどろいて言《い》った。

「カービィプリンターがこわれたおかげで、トロンのたくらみが失敗《しっぱい》して……えーと……

プププランドが助《たす》かった……ということなんですけど……」

「なんだ、それは。意味《いみ》がわからんぞ」

デデデ大王《だいおう》は、不満《ふまん》そうな顔《かお》で、ハンマーを肩《かた》にかつぎ上《あ》げた。

「優勝決定戦《ゆうしょうけっていせん》じゃなかったのか？」

「……え？」

「カービィプリンターを先《さき》にこわしたほうが、真《しん》の優勝者《ゆうしょうしゃ》じゃなかったのか？　オレ様《さま》は、
そう思《おも》ったから必死《ひっし》にこわしたんだぞ！」

「ち、ちがいます。大王様《だいおうさま》、ひょっとして、気絶《きぜつ》してたからコロンさんの話《はなし》を聞《き》いてなか
ったのかなあ……」

「コロンだと？　だれだ、それは。トロンのコピーか？」

「……なーんだ……」

デデデ大王《だいおう》が、プププランドの住民《じゅうみん》たちのために必死《ひっし》で力《ちから》をふりしぼったのだと思《おも》いこんでいたみんなは、ドッとずっこけてしまった。

いっぽう、野望《やぼう》がついえたトロンは、もじゃもじゃの髪《かみ》をかきむしってなげいていた。

「ううう……ワイの夢《ゆめ》が……ワイの計画《けいかく》が……！」

コロンは苦笑《くしょう》し、そんな兄《あに》の背《せ》をやさしくたたいた。

「これでよかったんです、兄《にい》さん。これからは、私《わたし》も農場《のうじょう》を手伝《てつだ》います。おいしい野菜《やさい》が作《つく》れる機械《きかい》を発明《はつめい》しますから、二人《ふたり》でがんばってはたらきましょう」

「うう……いやだぁ……はたらきたくなぁい……」

トロンは、なかなか泣《な》きやまなかった。

マイクをにぎったレポーターワドルディが、笑顔《えがお》で言《い》った。

「理由《りゆう》はともかく、デデデ大王様《だいおうさま》はプププランドを救《すく》ってくださったんですっ！　やっぱり、偉大《いだい》な大王様《だいおうさま》ですっ！　みなさん、大王様《だいおうさま》に大《おお》きな拍手《はくしゅ》をっ！」

カメラワドルディが大王《だいおう》の姿《すがた》を映《うつ》し、他《ほか》のワドルディたちはパチパチと拍手《はくしゅ》をした。

「デデデグランプリはこれにて終了《しゅうりょう》っ！　続《つづ》いて、表彰式《ひょうしょうしき》にうつりたいと思《おも》いますっ！」

また、パチパチと拍手《はくしゅ》かっさい。

「………………………ん？」

異常《いじょう》に気《き》づいたのは、バンダナワドルディだった。

ワドルディは、自分《じぶん》にそっくりなワドルディたちを見回《みまわ》し、あせって言《い》った。

「ちょ、ちょっと待《ま》って！　コロンさん、コロンさん！」

「はい？　なんでしょうか」

「カービィプリンターをこわしたら、コピーは消《き》える……んですよね!?」

「そうです。コピーカービィたちは、すべて消滅《しょうめつ》しているはずです」

「だったら、どうして、ぼくにそっくりな子《こ》たちは消《き》えないんですか!?」

「……ほ？」

コロンは、初《はじ》めて気《き》づいたような顔《かお》で、ワドルディの集団《しゅうだん》を見《み》た。

「……はて。言《い》われてみれば、そうですね。なんで消《き》えないんでしょう」

ワドルディたちはきょとんとし、コロンを見上《みあ》げた。

コロンは、考《かんが》えこんで言《い》った。

「おそらく……兄《にい》さんが、機械《きかい》の操作《そうさ》をまちがえたのでしょう」

めそめそ泣《な》いていたトロンが、顔《かお》を上《あ》げた。

「何《なに》をまちがえたって？　ワイはカンペキにカービィプリンターを使《つか》いこなしたぞ？」

「いえ、ワドルディさんをコピーした後《あと》、データの処理《しょり》をしないまま、カービィさんのデータを入力《にゅうりょく》してしまったのでしょう」

「……は？　データ？　処理《しょり》？　なんじゃあ、そりゃ」

「ああ、やっぱり」

コロンは、ひたいに手《て》を当《あ》てた。

「データをちゃんと処理《しょり》しないと、正常《せいじょう》に終了《しゅうりょう》できないのです。最後《さいご》にコピーしたカービィさんを消《け》すことはできましたが、中途《ちゅうと》はんぱに上書《うわが》きされてしまったワドルディさんは、消去《しょうきょ》できません」

「は……はぁ……あの……？」

バンダナワドルディは、コロンの顔《かお》をのぞきこんだ。

「よくわからないですけど……つまり、どういうことですか……？」

「つまり、データを処理《しょり》しないままプリンターをこわしてしまったので、ワドルディさんのコピーを消《け》すことができなくなってしまったんですよ」

「じゃ、この子《こ》たちは、消《き》えないってことですか？」

「そういうことです」

バンダナワドルディは、ずらりとそろっているワドルディたちを見《み》た。

ワドルディたちは、ニコニコしている。まだ、事情《じじょう》がわかっていないようだ。

コロンは言《い》った。

「どうしても消去《しょうきょ》しろというのでしたら、できないことはありません。少《すこ》しお時間《じかん》をいただきますが、数週間《すうしゅうかん》のうちに処置《しょち》をしますので、消去《しょうきょ》は可能《かのう》に……」

「かまわん！」

口《くち》をひらいたのは、デデデ大王《だいおう》だった。

大王《だいおう》は、今《いま》のが優勝決定戦《ゆうしょうけっていせん》ではないと知《し》ってカリカリしていたが、腕《うで》を組《く》み、そっぽを向《む》いて言《い》った。

「せっかく残《のこ》ったんだ。消《け》すことはない！」

「……良《よ》いのですか？」

「カービィがたくさんいればうっとうしいが、ワドルディは役《やく》に立《た》つわい」

大王《だいおう》は、しかめっ面《つら》を向《む》けて言《い》い放《はな》った。

「ただし、しっかり働《はたら》くんだぞ。ただメシは、食《く》わせんからな。腹《はら》いっぱい食《た》べたければ、オレ様《さま》のためにつくせ！」

「はーい！」

「ありがとうございます、大王様《だいおうさま》ー！」

意味《いみ》がわかっているのかどうか、コピーワドルディたちはうれしそうにぴょんぴょん飛《と》びはねた。

10 カービィとワドルディ

「それでは、これから表彰式《ひょうしょうしき》を始《はじ》めますっ！」

レポーターワドルディが声《こえ》を張《は》り上《あ》げた。

「第《だい》一回《かい》デデデグランプリ優勝《ゆうしょう》は……ピンクのカービィ&バンダナワドルディ組《ぐみ》っ！」

盛大《せいだい》な拍手《はくしゅ》につつまれて、カービィとワドルディが壇上《だんじょう》に上《のぼ》った。

「表彰状《ひょうしょうじょう》はデデデ大王様《だいおうさま》から……と思《おも》ったけど、大王様《だいおうさま》はふきげんそうなので、かわりに読《よ》み上《あ》げまーすっ！　ピンクのカービィ様《さま》とバンダナワドルディ様《さま》、あなたたちは第《だい》一回《かい》デデデグランプリにおいてみごと優勝《ゆうしょう》されましたので、これを賞《しょう》しますっ！」

「おめでとう、カービィ！」

「ワドルディも、かっこよかったぜ！」

観客《かんきゃく》から、大《おお》きな拍手《はくしゅ》かっさいが送《おく》られた。

来《らい》ひん席《せき》には、トロンとコロンが座《すわ》っている。

トロンはどんよりした顔《かお》でほおづえをつき、コロンはニコニコして表彰台《ひょうしょうだい》を見守《みまも》っていた。

「それでは、優勝賞品《ゆうしょうしょうひん》の授与《じゅよ》ですっ。コックカワサキさん特製《とくせい》デラックス山《やま》もりケーキっ！」

ワゴンにのったケーキが、しずしずと運《はこ》ばれてきた。

観客席《かんきゃくせき》から、大《おお》きな歓声《かんせい》がわき起《お》こった。

「す、すげえ！　なんて大《おお》きさだ。それに、あの生《なま》クリームのうまそうなこと！」

「名前《なまえ》どおり、山《やま》もりだな。フルーツもチョコレートも、てんこもりだ！」

コックカワサキが、得意《とくい》げに説明《せつめい》した。

「すべて、最高級《さいこうきゅう》の食材《しょくざい》を使《つか》ってるんだ。ゆっくり、味《あじ》わって食《た》べてね」

お手伝《てつだ》いワドルディが、大《おお》きなナイフを手《て》に持《も》った。

「それでは、ケーキを切《き》り分《わ》けましょう。まずは半分《はんぶん》こにして……」

おめ
でと

「ううん！」

バンダナワドルディが言《い》った。

「ぼく、そんなに食《た》べられないよ。ふた口《くち》ぐらい食《た》べたら、おなかいっぱい。あとは全部《ぜんぶ》、カービィにあげる！」

「ほんと？」

カービィはおどろいた。

「たった、ふた口《くち》なんて。ワドルディ、それでいいの？」

「うん！　ほんとうに、それで、おなかいっぱいなんだ」

お手伝《てつだ》いワドルディが、ふた口《くち》ほどのケーキを切《き》り分《わ》けて、ワドルディのお皿《さら》においた。

「これでいいよ。あとはカービィにあげ……」

ワドルディが言《い》いきる前《まえ》に、カービィは「吸《す》いこみ」の体勢《たいせい》に入《はい》っていた。

「わぁぁ――い！　いただきまぁぁ――す！」

コックカワサキが、笑顔《えがお》で説明《せつめい》した。

「カービィも、きっと気《き》に入《い》ると思《おも》うよ。ぼくが三日三晩徹夜《みっかみばんてつや》で作《つく》ったケーキなんだからね。まず、てっぺんにのってるのは、十年《ねん》に一度《ど》しか実《みの》らないという奇跡《きせき》のフルーツを最《さい》高級《こうきゅう》シロップにつけた……うわぁぁぁ！」

ごぉぉぉ――！

突風《とっぷう》が吹《ふ》き、デラックス山《やま》もりケーキは一瞬《いっしゅん》にしてカービィの口《くち》の中《なか》へ。

コックカワサキも、バンダナワドルディも、レポーターワドルディも、前列《ぜんれつ》の観客《かんきゃく》たちも、自分《じぶん》が吸《す》いこまれないようにふんばった。

カービィは、吸《す》いこんだケーキをゴクンと丸《まる》のみ。

「ぷは！　ごちそうさま！」

コックカワサキは、顔《かお》をひきつらせて言《い》った。

「……まあ、わかってたけどさ。こうなるってことは。ぼくが、三日三晩徹夜《みっかみばんてつや》で作《つく》った、最高級《さいこうきゅう》ケーキ……」

「おいしかったー！　さすがコックカワサキ！」

カービィは、ぺろりと舌《した》なめずりをした。

「おかわり、ないの？」

「ないよっ！」

「すっごく、おいしかったよ！」

カービィは、ぴょんぴょんはね回《まわ》って言《い》った。

「こんな賞品《しょうひん》があるなら、毎日《まいにち》、武道大会《ぶどうたいかい》があってもいいな。ぼく、毎回優勝《まいかいゆうしょう》するよ！」

「もう、武道大会《ぶどうたいかい》なんぞ、こりごりだわい！　二度《にど》とやらんぞ！」

デデデ大王《だいおう》がどなりつける。

来《らい》ひん席《せき》のコロンは、顔《かお》をひきつらせて言《い》った。

「お、恐《おそ》ろしい……なんて、すさまじいパワーでしょう……！」

「な、ワイの言《い》ったとおりだろ」

トロンがぼやいた。

「あいつのコピーをばらまけば、プププランドじゅうの食《た》べ物《もの》が食《た》べつくされて、ワイは大《おお》もうけ……だったのになあ。ちっ」

「兄《にい》さん、それどころじゃありません」

コロンは、ふるえ声《ごえ》でささやいた。

「あ、あんな恐《おそ》ろしい生《い》き物《もの》がばらまかれたら、ププランドどころか、銀河《ぎんが》の危機《きき》です！　金《かね》もうけどころか、兄《にい》さんの畑《はたけ》なんて、あっというまに全滅《ぜんめつ》ですよ！」

「……え？　そうなの？」

「あのプリンターがこわれて、ほんとうによかった！　もう二度《にど》と、あんな恐《おそ》ろしい物《もの》は発明《はつめい》しません。さ、帰《かえ》りましょう、兄《にい》さん」

「あ、ワイ、いいことを思《おも》いついたぞ。あのパワーを利用《りよう》して、なんでも吸《す》いこむ掃除機《そうじき》を発明《はつめい》して大《おお》もうけ……」

「帰《かえ》りましょうっ！」

コロンは、兄《あに》を引《ひ》きずってバトルキャッスルから飛《と》び出《だ》していった。

デデデ大王《だいおう》は、ワドルディたちに命《めい》じた。

「さあ、これで武道大会《ぶどうたいかい》は全部《ぜんぶ》終《お》わった。バトルキャッスルは取《と》りこわしだ。ワドルディたち、この会場《かいじょう》をぶっこわせ！」

「はーい、大王様《だいおうさま》!」

ワドルディたちは声《こえ》をそろえた。


こうして、バトルキャッスルは取《と》りこわされ、熱気《ねっき》と興奮《こうふん》につつまれたデデグランプリは幕《まく》を閉《と》じた。

デデ城《じょう》にはワドルディがたくさん増《ふ》えて、にぎやかになった。デデ大王《だいおう》は、こき使《つか》える部下《ぶか》が増《ふ》えたので、満足《まんぞく》そう。

でも――。

「早《はや》く、早《はや》く、ワドルディ! 急《いそ》がなくちゃ、ランチタイムが終《お》わっちゃう! コックカワサキの特別《とくべつ》デザート付《つ》きデラックス・ランチ、今日《きょう》までなんだよ～!」

「待《ま》ってよ、カービィ!」

カービィの友《とも》だちのワドルディは、一人《ひとり》だけ。

二人《ふたり》は以前《いぜん》とまったくかわることなく、大王《だいおう》の目《め》をぬすんで、仲良《なかよ》く遊《あそ》び回《まわ》っているのだった——。

角川つばさ文庫

高瀬美恵／作
東京都出身、O型。代表作に角川つばさ文庫「モンスターストライク」「逆転裁判」「牧場物語」「GIRLS MODE」各シリーズなど。ライトノベルやゲームのノベライズ、さらにゲームのシナリオ執筆でも活躍中。

苅野タウ・ぽと／絵
東京都在住。姉妹イラストレーター。主な作品として「サンリオキャラクターえほんハローキティ」シリーズ（イラスト担当）などがある。

角川《かどかわ》つばさ文庫《ぶんこ》　Cた3-14

星《ほし》のカービィ
決戦《けっせん》！　バトルデラックス!!

作《さく》　高瀬美恵《たかせみえ》
絵《え》　苅野《かりの》タウ・ぽと

2018年３月15日　初版発行
2018年７月３日　４版発行

発行者　郡司 聡
発　行　株式会社KADOKAWA
〒102-8177　東京都千代田区富士見 2-13-3
電話　0570-002-301(ナビダイヤル)
印　刷　大日本印刷株式会社
製　本　大日本印刷株式会社
装　丁　ムシカゴグラフィクス

©Mie Takase 2018
©Nintendo / HAL Laboratory, Inc.
KB18-2153　Printed in Japan
ISBN978-4-04-631781-0　C8293　N.D.C.913　220p　18cm

本書の無断複製（コピー、スキャン、デジタル化等）並びに無断複製物の譲渡及び配信は、著作権法上での例外を除き禁じられています。また、本書を代行業者などの第三者に依頼して複製する行為は、たとえ個人や家庭内での利用であっても一切認められておりません。
定価はカバーに表示してあります。

KADOKAWA　カスタマーサポート
［電話］0570-002-301（土日祝日を除く11時～17時）
［WEB］https://www.kadokawa.co.jp/（「お問い合わせ」へお進みください）
※製造不良品につきましては上記窓口にて承ります。
※記述・収録内容を超えるご質問にはお答えできない場合があります。
※サポートは日本国内に限らせていただきます。

読者のみなさまからのお便りをお待ちしています。下のあて先まで送ってね。
いただいたお便りは、編集部から著者へおわたしいたします。
〒102-8078　東京都千代田区富士見 1-8-19　角川つばさ文庫編集部

角川つばさ文庫のラインナップ

星のカービィ
プププランドで大レース!の巻

作／高瀬美恵
絵／苅野タウ・ぽと

全宇宙でテレビ中継される大レースがプププランドで開かれることになった！　優勝者はなんでも好きなものがもらえると聞き、カービィたちはやる気まんまん！　でも、テレビ・プロデューサーのキザリオがどうも怪しくて?

© Nintendo / HAL Laboratory, Inc.

星のカービィ
あぶないグルメ屋敷!?の巻

作／高瀬美恵
絵／苅野タウ・ぽと

カービィは、プププランドのはずれにあるグルメ屋敷のパーティに、ごちそう目当てでこっそり乗り込むことに！ でも、そこでは思いもよらないことが待っていて……!?　ここでしか読めない、カービィの冒険が始まるよ☆

© Nintendo / HAL Laboratory, Inc.

星のカービィ
大迷宮のトモダチを救え!の巻

作／高瀬美恵
絵／苅野タウ・ぽと

カービィと以前戦ったことのあるマホロアが、とつぜん「トモダチを助けてヨ!」とやってきた。怪しみながらも、鏡の大迷宮にマホロアのトモダチを助けにいくカービィたち。大迷宮では、思わぬ出会いが待っていて……!?

© Nintendo / HAL Laboratory, Inc.

星のカービィ
くらやみ森で大さわぎ!の巻

作／高瀬美恵
絵／苅野タウ・ぽと

幻のフルーツを食べるため、危険なウワサのある「くらやみ森」へと向かうカービィたち一行。だけど、デデデ大王もあやしい3人組といっしょに幻のフルーツを狙っていて…!?　コピー能力をつかって、カービィが大活躍!!

© Nintendo / HAL Laboratory, Inc.

星のカービィ
結成! カービィハンターズZの巻

作／高瀬美恵
絵／苅野タウ・ぽと

ふしぎな異世界プププ王国《キングダム》に迷いこんだカービィを助けてくれたのは、なんとカービィそっくりの3人組!?　カービィたち4人はプププ王国《キングダム》の平和を守るため「カービィハンターズ」を結成し、暴れん坊たちに立ち向かう!

© Nintendo / HAL Laboratory, Inc.

星のカービィ
大盗賊ドロッチェ団あらわる!の巻

作／高瀬美恵
絵／苅野タウ・ぽと

カービィは、古びた神殿の中で大きな卵を見つける。ケガをして卵の面倒を見られない親鳥にかわって、卵を守ることになったカービィやデデデ大王たち。そんななか、大盗賊ドロッチェ団が卵を盗もうとやってきて……!?

© Nintendo / HAL Laboratory, Inc.

モンスターストライク
疾風迅雷ファルコンズ誕生!!

原作／XFLAG™ スタジオ
作／高瀬美恵
絵／オズノユミ

転校生・トオルとモンストで仲良くなったユウキ。ある日、トオルが中学生にスマホを奪われて!? 返してもらう条件は、モンストスタジアムでの勝負に勝つこと。ユウキはクラスメイトとチームを結成し、バトルに挑む!

© XFLAG

星のカービィ
ロボボプラネットの大冒険!

作／高瀬美恵
絵／苅野タウ・ぽと

平和なポップスターにとつぜん巨大な球体があらわれ、星中をキカイにかえてしまった! カービィは、ポップスターを元に戻すため、ワドルディといっしょに冒険に出かけることに! ゲーム最新作が小説になって登場!!

© Nintendo / HAL Laboratory, Inc.

逆転裁判
逆転アイドル

作／高瀬美恵　カバー絵／カプコン　挿絵／菊野郎

弁護士の成歩堂が訪れたショッピングモールで事件が発生! アイドル・百ヶ谷スモモが殺人の容疑者として逮捕されてしまう。成歩堂は彼女の弁護人となり、法廷で彼女の無実を証明することに! 人気ゲームの小説化!!

© CAPCOM CO., LTD. ALL RIGHTS RESERVED.

星のカービィ
メタナイトとあやつり姫

作／高瀬美恵
絵／苅野タウ・ぽと

ケーキ作りで有名なシフォン星のお姫様が行方不明になった!! メタナイトは、カービィ、デデデ大王たちとともにシフォン星へと向かう。そこでは意外な展開が待ち受けていて……!? 今回は、メタナイトが主人公の特別編!!

© Nintendo / HAL Laboratory, Inc.

牧場物語
3つの里の大好きななかま

作／高瀬美恵　絵／上倉エク
監修／はしもとよしふみ(マーベラス)

新米の牧場主、ナナミのもとに届いた手紙。そこには、ナナミの牧場で家族みんなをもてなしてくれ、という父親からの「課題」が…。ナナミは3つの里のなかまと力を合わせ、課題に立ち向かう! 大人気ゲームの小説化!

©2016 Marvelous Inc. All Rights Reserved.

星のカービィ
メタナイトと銀河最強の戦士

作／高瀬美恵
絵／苅野タウ・ぽと

だれにも何もいわずにメタナイトがいなくなった。そこでカービィたちはポップスターを出て、さがしに行くことに!! メタナイトは、銀河最強の戦士・ギャラクティックナイトをなぜか復活させようとしていて……!?

© Nintendo / HAL Laboratory, Inc.

角川つばさ文庫発刊のことば

角川グループでは『セーラー服と機関銃』(81)、『時をかける少女』(83・06)、『ぼくらの七日間戦争』(88)、『リング』(98)、『ブレイブ・ストーリー』(06)、『バッテリー』(07)、『DIVE!!』(08)など、角川文庫と映像とのメディアミックスによって、「読書の楽しみ」を提供してきました。

角川文庫創刊60周年を期に、十代の読書体験を調べてみたところ、角川グループの発行するさまざまなジャンルの文庫が、小・中学校でたくさん読まれていることを知りました。

そこで、文庫を読む前のさらに若いみなさんに、スポーツやマンガやゲームと同じように「本を読むこと」を体験してもらいたいと「角川つばさ文庫」をつくりました。

読書は自転車と同じように、最初は少しの練習が必要です。しかし、読んでいく楽しさを知れば、どんな遠くの世界にも自分の速度で出かけることができます。それは、想像力という「つばさ」を手に入れたことにほかなりません。

「角川つばさ文庫」では、読者のみなさんといっしょに成長していける、新しい物語、新しいノンフィクション、角川グループのベストセラー、ライトノベル、ファンタジー、クラシックスなど、はば広いジャンルの物語に出会える「場」を、みなさんとつくっていきたいと考えています。

読んだ人の数だけ生まれる豊かな物語の世界。そこで体験する喜びや悲しみ、くやしさや恐ろしさは、本の世界の出来事ではありますが、みなさんの心を確実にゆさぶり、やがて知となり実となる「種」を残してくれるでしょう。

かつての角川文庫の読者がそうであったように、「角川つばさ文庫」の読者のみなさんが、その「種」から「21世紀のエンタテインメント」をつくっていってくれたなら、こんなにうれしいことはありません。

物語の世界を自分の「つばさ」で自由自在に飛び、自分で未来をきりひらいていってください。

ひらけば、どこへでも。——角川つばさ文庫の願いです。

角川つばさ文庫編集部